躁动的解析

〔英〕
Bruce Chatwin
布鲁斯·查特文 著

陶立夏 译

著作权合同登记号　图字 01-2021-4439

ANATOMY OF RESTLESSNESS: SELECTED WRITINGS 1969-1989 By BRUCE CHATWIN
Copyright © 1996 BY THE LEGAL PERSONAL REPRESENTATIVES OF C.B.CHATWIN
This edition arranged with AITKEN ALEXANDER ASSOCIATES LTD.
through BIG APPLE AGENCY, INC., LABUAN, MALAYSIA.
Simplified Chinese edition copyright:
2022 SHANGHAI 99 READERS' CULTURE CO., LTD.
All rights reserved.

图书在版编目（ＣＩＰ）数据

躁动的解析 /（英）布鲁斯·查特文著；陶立夏译 .
-- 北京：人民文学出版社，2022
ISBN 978-7-02-016807-1

Ⅰ.①躁… Ⅱ.①布… ②陶… Ⅲ.①散文集－英国－现代 Ⅳ.① I561.65

中国版本图书馆 CIP 数据核字 (2021) 第 254875 号

责任编辑	朱卫净　何炜宏
封面设计	李苗苗
出版发行	人民文学出版社
社　　址	北京市朝内大街 166 号
邮政编码	100705
印　　制	上海盛通时代印刷有限公司
经　　销	全国新华书店等
字　　数	132 千字
开　　本	889 毫米 ×1194 毫米　1/32
印　　张	6.75　插页 5
版　　次	2022 年 1 月北京第 1 版
印　　次	2022 年 1 月第 1 次印刷
书　　号	978-7-02-016807-1
定　　价	59.00 元

如有印装质量问题，请与本社图书销售中心调换。电话：010-65233595

目录

编者前言　001

第一章　"在家的恐惧"　001
我一直想去巴塔哥尼亚
　　——作家的诞生　003
一个挂帽子的地方　016
托斯卡纳的石头屋　023
去往廷巴克图　028

第二章　故　事　035
牛　奶　037
法国的吸引力　050
马克西米利安·托德宅邸　059
贝都因人　077

第三章　游牧，另一种选择　079
致马斯库勒的信　081
游牧，另一种选择　092
这走啊走的世界　105

第四章　书　评　　113
游牧者亚伯　　115
巴塔哥尼亚的无政府主义者　　121
前往岛屿的路　　136
执念的变奏　　148

第五章　艺术与画像破坏者　　157
在废墟中　　159
物品的道德　　182

附　注　　199
致　谢　　205

编者前言

大家普遍认为布鲁斯·查特文是写作这个行当中独树一帜的后起之秀，这个误会要归咎于他在如歌的自白之作《我一直想去巴塔哥尼亚》中那句如今很著名的话，从这篇文章中我们得知这位永不言倦的远行者半路出家走上文学之路，几乎是心血来潮地用一封电报宣布自己出发前往地球最遥远的角落，他说："去巴塔哥尼亚了"。

此观点忽略的事实是，自二十世纪六十年代开始，查特文就已经定期通过专栏写作为自己将来的职业打磨风格，广泛涉及《星期日泰晤士报》《时尚与美容》《今日历史》《纽约时报书评》等杂志。从艺术品专家到考古学者，从译者到作家，在他职业生涯的每次转折与变迁中，他都始终坚持写作，直至一九八九年逝世。

这些先前被忽略或未曾出版过的查特文遗珠——短篇故事、旅途闲笔、散文、报道和评论——自书评、文档、文学刊物和杂志中选取出来，首次齐聚于此，它们涵盖了作者职业生涯的每个时期和方方面面，反映了其作品恒久不变的主题：寻根与漂泊，浪迹与异域，拥有与放弃。

从这些数量充裕的"闲来之笔"中甄选出佳作结集成这本文集，旨在向读者提供一本关于布鲁斯·查特文的阅读手册，一本洞悉作者人生与作品的珍贵"导览"。

谨记这一目标,编者依循文字的内在逻辑来安排它们的出场次序,而不是生硬地遵从年表顺序。见证一条贯穿始终的线索从如此多样的素材中显现,的确是个引人入胜的过程:循环往复的思想轨迹和主题将发表年限跨越二十余载的文字串联起来。除却查特文更为人熟知的叙事天赋,它们还展示了查特文作为热血敢言的评论家、洞察犀利的批评家和大胆创新的散文家的一面,他有着躁动不息、追根究底的内心。

选取的文章以主题分类,在五个环环相扣的章节内呈现。第一章名为《在家的恐惧》,以自传的视角打开了部分"书写者的密室",同时反映了查特文敏锐的场地感和他对来自遥远异域的物品的热爱。第二部分《故事》,让读者以全新的角度窥见查特文作为讲故事好手令人欲罢不能的一面,他永远游走在现实与虚构之间那条细线之上。第三章《游牧,另一种选择》,通过查特文一本未出版的著作的摘要,回归他的创作主题,该书通过描写游牧民族,阐述了作者独特的历史观点,他阐述了文明与其"对立面"自然之间在文化层面上持续发展的辩证关系:游牧与定居,城市与荒野,社会与部落。第四章《书评》,带领读者重新发现查特文不太为人熟知的伪装:文学批评家,他扮演着直率坦诚、唇枪舌剑的书评家角色。在第五也是最后一部分《艺术与画像破坏者》中,即将成为作家的他,通过探索艺术创作中根植于本质的悖论:自由释放与控制盲从这一潜在对立倾向间的博弈,预见了小说创作即将再次回归的主题风潮。

在描述巴塔哥尼亚文学长假之旅的自传式散文中,查特文还透露了他未酬的壮志本是想写一本"大概可名为《躁动的解析》"的书，以扩充帕斯卡尔①那句"人安静地坐在自己的房间"的名言。因为这一系列文章出色地展示了布鲁斯·查特文对躁动不止息的迷恋，当我们要为这本文集取名的时候，这个令人记忆深刻的词就成了匹配的选择。

简·鲍姆和马修·格雷夫斯
巴黎，一九九六年六月

---

① 布莱士·帕斯卡尔（Blaise Pascal，1623—1662），法国著名数学家、物理学家、哲学家和散文家。他的名言是：人们所有的不快乐都源自一个简单事实，他们无法安静地坐在自己的房间。

第一章

"在家的恐惧"

我一直想去巴塔哥尼亚
——作家的诞生

布鲁斯在英国是狗的名字（在澳大利亚则不然），同时也是我苏格兰堂亲们的姓氏。查特文的词源模糊不可考证，但我演奏巴松管的叔叔罗宾逊坚称"chette-wynde"在古代英语中意为"蜿蜒的小径"。我们家族这一脉的先人可追溯至一位伯明翰的纽扣制造商，而在犹他州的偏僻地区有一个信摩门教的查特文望族，以及最近我听说了一对查特文夫妇，是高空秋千表演家。

到我母亲嫁入查特文家族时，他们都已是伯明翰有头有脸的人物，即专业人士：建筑师与律师，他们不会从商。然而，我的祖辈和亲戚中散落着几位传奇人物，他们的过往点燃了我的想象：

1. 一位生平不详的法国先祖据说曾被卷入王后的项链事件①。

2. 曾曾祖父麦塞逊在七十一岁高龄时赢得了高地运动会的长木柱投掷比赛冠军，并当场中风去世。

3. 曾祖父米尔沃——一个痴迷金钱、德意志和音乐的人，

---

① 项链事件：指1785年发生在法国宫廷的丑闻，让娜·德瓦卢瓦-圣雷米假借为玛丽·安托瓦内特王后购买钻石项链的名义，设局让意图讨好王后的罗昂枢机以分期付款的方式出资200万法郎购买下路易十五为情妇杜巴利夫人定制的钻石项链，而钻石项链并未送给王后，而是被让娜的丈夫带去英国拆卖。此事造成罗昂枢机在内的多人被捕入狱。

曾是古诺①和阿德利娜·帕蒂②的知交,他也曾为第九世马尔巴罗公爵③处理事务,并前往纽约为公爵与康苏艾萝·范德比尔特④的婚约进行斡旋,公爵后来以"完全无法胜任"的理由解雇了他。某天下午,当我在一只老旧的铁皮箱里翻找时,发现了他的宫廷礼服套装和马克赛石手柄的长剑,我穿戴成朝臣的样子,手握长剑冲进客厅,高喊着:"看我找到了什么!"——我被勒令:"马上把这些东西脱掉!"可怜的曾祖父!他的名字是个忌讳。一九〇二年时被判处欺诈罪,临终前才被允许出狱。

4. 堂祖父查理·米尔沃德船长,一八九八年时他的船沉没在麦哲伦海峡的入口处。我把他的故事写进了《巴塔哥尼亚高原上》。他在智利蓬塔阿雷纳斯市担任英国领事时曾将一块巨型地獭的皮寄回家送给我祖母,他在一个洞穴中发现了这块保存完好的地獭皮。我称它为"雷龙皮"并围绕它编了很多童年寓言故事。

5. 堂叔杰弗瑞。阿拉伯研究专家与沙漠旅行家,曾和T.E. 劳伦斯一样获得过费萨尔王子颁发的黄金头饰(后转手卖掉)。穷困潦倒在开罗去世。

6. 堂叔比克顿。使风镐的矿工以及犯重婚罪的人。

---

① 古诺 (Gounod, 1818—1893),法国作曲家。
② 阿德利娜·帕蒂 (Adelina Patti, 1843—1919),意大利女高音歌唱家。
③ 第九世马尔巴罗公爵 (The ninth Duke of Marlborough, 1871—1934),即查尔斯·理查德·斯宾塞-丘吉尔,英国军人与保守党政治家,温斯顿·丘吉尔是他的堂侄。
④ 康苏艾萝·范德比尔特 (Consuelo Vanderbilt, 1877—1964),范德比尔特家族以铁路与航运起家,在美国历史上最富裕的家族中排行第二。康苏艾萝与马尔巴罗公爵的婚姻是家族进入欧洲贵族社交圈的跳板,马尔巴罗公爵则获得价值250万美元(现在价值超过7千万美元)的铁路公司股份作为嫁妆,两人婚后可每年各得10万美元薪水。这场金钱与贵族头衔之间的联姻维系了15年。

7. 堂叔亨弗瑞。在非洲死于非命。

我最早记的记忆始于一九四二年，关于大海。那年我两岁。我们和外婆一同住在约克郡法利市海边那些预先搭配好家具的房子里，隔壁住着"自由法兰西"军队，街对面的防空洞里驻扎着苏格兰军团。我注视着灰色的舰队驶过并消失在海平面上。有人告诉我，海的那边，就是德国。我的父亲离家前往海上，与德国人作战。我会向着军舰挥手直到它们消失在弗兰伯勒角，如果七星丛书中的那条脚注正确无误的话，这道漫长的峭壁正是兰波的散文诗《海岬》的源起。

黄昏时外婆会拉拢窗户上的遮光帘，俯身凑近棕色的贝克莱特收音机收听BBC新闻。一天晚上，一个低沉的嗓音宣布"我们赢得了一场伟大的胜利"。为庆祝赢得阿拉曼战役，母亲与外婆绕着房间跳起了苏格兰高地舞——我则与外婆的长袜共舞。

外婆是阿伯丁人，但她的鼻子、下颚，还有光亮的皮肤和叮当作响的金耳环都使她看起来像个吉普赛占卜师。我该多说一句，她的确曾对吉普赛人着迷。她是无所畏惧的赌徒，为着赚外快，靠赌马过上了井然有序的日子。她曾说天主教徒是异教徒，她说话也很尖刻。一九四四年的一个雨天，我们在电话亭里躲雨，一个样貌丑陋的老太太将鼻子贴在玻璃门上。"那个女人，"我外婆说道，"长着一张牛屁股的脸但缺条尾巴遮挡。"

她的丈夫山姆·特内尔是个眼神忧郁、独来独往的人，他唯一的成就是成为无懈可击的踢踏舞舞者。不列颠空战之后，他找了份推销员的工作，兜售悼念主题的彩绘玻璃窗。我深爱他。大战接近尾声时，我们曾在德比郡临时租了间废弃的店铺，我跟着他爱上了荒原上长久的漫步。

因为我们没有房子也没有钱，所以母亲和我在英格兰四处漂泊，借宿亲朋好友家。对我来说，家就是军人餐厅或者堆着军用帆布装备袋的火车站台。有一次，我们去卡迪夫港的扫雷舰上探望父亲。他把我抱上"鸦巢"，让我通过对讲机向军官室大声呼叫。或许，就是在诺曼底登陆前那鼓舞人心的几个月时间里，我得了被波德莱尔称为恶疾的病：在家的恐惧。不出意外，当我们搬进伯明翰带阴暗山墙的自己家时，我变得病弱消瘦，别人怀疑我要得结核病。一天早上，我出了风疹，母亲拿着报纸冲上楼来，兴高采烈地说日本投降了，我父亲要回家了。我扫到一眼蘑菇云的照片，知道发生了某些非常可怕的事。我卧室的窗帘上绣着橙色火舌的花样。那天晚上，以及之后的很多年，我梦见走过焦黑的土地，头发着了火。

我在丢失泰迪熊时一滴眼泪都不会流，但有三件宝贝会牢牢抓住不放手：一匹名叫劳拉的木雕骆驼，是父亲在开罗集市上买回来的；一只名叫莫娜的西印度群岛海螺，从它绝美的粉色螺口，我能听见海洋的无心低语；还有一本书。书名叫《渔夫的圣徒》，记录了威尔弗雷德·格伦费儿爵士[①]在拉布拉多海岸的事迹。这本书依旧还在。扉页上写着："由法利的邮递员送

[①] 威尔弗雷德·格伦费儿爵士（Sir Wilfred Grenfell, 1865—1940），英国医务传教士，一生致力于为加拿大纽芬兰拉布拉多沿海地区的渔民提供医疗服务，改善当地居住环境，创建了多家医院、疗养院、学校和孤儿院。他在1927年被授予爵位。

给布鲁斯的三岁生日礼物。等他长大后再读。"我曾觉得这本书一定藏有精彩纷呈的秘密（其实并没有），不得不等待那么些年令我发疯。我觉得童书的寻常套路很无趣，六岁那年决定写一本自己的书。我完成了第一句："我是一只燕子。"接着我抬头问："电话线怎么拼写？"

我的第一份工作，是一九四四年和杰妮与格蕾斯姨婆一同住在埃文河上的斯特拉福德镇时，自说自话担当起了教堂里莎士比亚纪念碑和墓地的向导。导览一趟收费三便士。我的绝大部分顾客是士兵。我并不知道莎士比亚是谁，只知道他和红砖建造的剧院有些什么关联，我会在剧院的阳台上朝天鹅群扔过期面包屑。尽管如此，远在我识字之前，格蕾斯姨婆就教会了我背诵刻在墓碑上的句子：

> 让我安息者将得到祝福，
> 迁我尸骨者定遭诅咒。

两位姨婆都终身未婚，杰妮，年纪更大也更聪明的那位，是艺术家。还是年轻姑娘时她曾住在卡普里，画裸体的男孩速写。她记得见到高尔基的场景，或许列宁也在场。在巴黎时，她参加过荷兰画家凯斯·凡·东根在画室举办的聚会。我确信，一战期间她当过护士。或许是那么多年轻生命的亡逝促使她在画室各个角落画下那么多圣塞巴斯蒂安受刑的油画。她是现代小说不知疲倦的阅读者。后来，她会告诉我说美国作家笔下的英语比英国人写的更精彩、更利落。一天，她从书中抬起头来，说道："'屁股'是多么棒的一个词啊！"——就这样我第一次听说了海明威这个名字。

格蕾丝姨婆很情绪化也很耳背。她的好友（也是我的挚爱）是爱尔兰作家埃列娜·多丽，通过埃列娜她接触到了都柏林文学圈。她对待文学的方式是彻底的浪漫主义。夏天的时候我们会坐在埃文河边看书。河对面是一道叫怀尔布雷克的河岸，她发誓那是属于莎士比亚的河岸，上面开着野生百里香，而我只找到荨麻和黑莓灌木丛。我们读惠特曼的诗《我自己的歌》，收录在一本名为《无尽长路》的诗集中。我们读杰拉德·曼利·霍普金斯的《茶隼》，我们选读埃列娜·多丽写的《居里夫人》。居里夫人自我牺牲被镭灼伤的故事深深打动了我。我也怀疑格蕾丝姨婆是最后一个会拿波拿巴的幽灵吓唬小孩的维多利亚时代遗老。一天晚上，当我在浴缸里调皮捣蛋时，她大叫："别这样，不然波尼要来抓你了！"——她在纸上画了一顶可怕的长着腿的黑色双角帽。不久之后的一场噩梦中，我在莎士比亚女儿家的霍尔园门外遇到了这顶帽子，它像毛茸茸的蚌壳那样张开并将我吞噬。

我也记得，关于《量罪记》是不是可以归类为适合六岁孩子的娱乐节目，姨婆们展开了生动的讨论。她们判定这事无伤大雅——自此我就看剧上了瘾。斯特拉福德剧院一楼最后排的座位要到演出当天才可以预定，我会大清早骑着自行车赶去确保得到一个座位。我几乎看遍了四十年代和五十年代的所有大制作演出——奥利弗、吉尔古德、佩吉·阿什克罗夫特和保罗·罗伯逊饰演的《奥赛罗》——这些为我心目中的莎士比亚设立了永久的标准。孩童时期就亲身感受过这样的演出，如今的我在看完演出时很难不心怀些许失落。

一九四九年的时候，艰难岁月过去了，某天傍晚父亲骄傲地开着辆新车下班回家。第二天他载着我弟弟和我去兜风。他在一处悬崖边停下车，指着西面连绵的灰色山丘说："我们去威尔士吧。"那晚我们在车里过夜，在拉德奈郡，伴着山泉的声响。日出的时候结了很重的露水，羊群围绕在我们四周。我想这次旅程的收获就是我新近出版的小说《在黑山上》。

读寄宿学校的时候我对地图集着迷，总是因为讲夸张的故事而受排挤。每个男孩都必须是"小保守党"，我永远都不明白——至今依旧如此——英国教育系统的动机何在。也不明白为什么在一九四九年的盖伊·福克斯之夜①，老师们鼓动我们在一堆篝火上烧毁工党首相克莱门特·艾德礼的画像。我为艾德礼先生感到难过，而且我从来没能为保守党投票，甚至在我信奉资本主义的阶段也没有。

查特文家的人，正如他们纯英格兰的血统，都是狂热的水

---

① 盖伊·福克斯之夜（Guy Fawkes Night），又称篝火节之夜，英国传统节日，时间为每年 11 月 5 日。盖伊·福克斯曾参与了天主教徒策划的刺杀行动，计划在 1605 年议会开会期间用炸药炸掉上议院，刺杀詹姆士一世和英格兰议会上下两院的所有成员。盖伊·福克斯负责引爆任务，但行动未能成功，他在审判中被处死。

手。他们给船取名为飞鼠号①,达茨麦瑞号②,潜鸟号,海仙女号,最后,是逐日号:一艘十八吨重的百慕大单桅帆船,建造于三十年代,试用于环球航行。我们的航行只到布列塔尼那么远,还到过一次西班牙。我厌恶真正的航行,因为总是严重晕船——尽管如此我还是会坚持到底。读过一篇分析氢弹对英国的影响的文章之后,我的"毕生追求"就是驶向南太平洋岛屿永不回返。

第一本从头到尾读完的成人书是约书亚·斯罗卡姆船长③的《孤帆独航绕地球》,接着是约翰·C·弗斯④的《弗斯船长的航海大冒险》,还有赫尔曼·梅尔维尔的《奥姆》与《泰比》,接着是理查德·亨利·达纳和杰克·伦敦。或许是从这些作者身上我领略了美国佬的质朴文风?我从来没有喜欢过儒勒·凡尔纳,因为我信奉真实永远比幻想更迷幻动人。

我十三岁那年的夏天,独自去瑞典和一个与我同龄的男孩进行英语对话,他家住在湖边一幢可爱的十八世纪旧宅中。男孩和

---

① 飞鼠号(Airymouse)曾是一架飞机的名字,英国历史上著名的试飞员、飞行工程师哈拉德·彭罗斯在退休后,驾驶这架单人小飞机航行于英国全境,并在1967年出版了同名航行随笔集。
② 达茨麦瑞(Dozemaree)是湖泊名,传说湖仙女赠予亚瑟王圣剑Excalibur,即湖中剑的地方,位于英国康沃尔郡。
③ 约书亚·斯罗卡姆船长(Joshua Slocum, 1844—1909),世界上第一个独自完成环球航行的人,出生在加拿大新斯科舍,后入美国籍,著有多本关于航海的书籍。1909年11月在海上航行时失踪。
④ 约翰·C·弗斯(John Claus Voss, 1858—1922),德裔加拿大航海家,曾是木匠。1901年弗斯与友人驾驶改良过的独木舟环游世界,并在1904年独自完成了这项挑战。

我毫无共同语言。但他的叔父珀斯瓦尔是位讨人喜欢的老绅士，总是身穿白色宽松衬衫、头戴遮阳帽，我乐意跟他一边采蘑菇一边在桦树林散步，或是划船去岛上看筑巢的鱼鹰。他住在以水晶吊灯照明的木屋里。他曾在沙俄旅行。他让我阅读康斯坦斯·加内特翻译的契诃夫，还有达夫·库柏写的塔列朗传记。

没有读过伟大的英国小说家，但听过，听得十分多——《雾都孤儿》《呼啸山庄》《傲慢与偏见》——用做作的英语口音录在黑胶唱片上，当时我因为部分视觉神经麻痹而躺在伯明翰眼科医院里——或许是马尔巴罗学院的精神压力造成的病症，学校认为我愚笨、不切实际。我试着学习拉丁文和希腊语，每门功课都垫底。然而，学校有一座绝佳的图书馆，回想当年我总是孤僻地读着很多书。我喜欢法国的一切：油画、家具、诗歌、历史、食物，当然，我也对保罗·高更的职业生涯难以忘怀。十七岁时，镇上书店的老板送了我一本伊迪丝·希特维尔编纂的《星球与萤火虫》作为生日礼物，在这本为失眠者编写的文集中，我能追索到好几个文学书中的常客：波德莱尔、奈瓦尔和兰波，李白和其他中国"游侠"，威廉·布莱克和疯癫又聪慧的浪漫主义，约翰·奥布里的《名人小传》，十七世纪时杰瑞米·泰勒的散文诗歌和托马斯·布朗爵士。

有段时间我遵从了继承家族传统的建议，去上建筑师课程，但因为我不懂算术，通过考试的可能很渺茫。父母又温和地粉碎了我从事舞台表演的志向。最终，在一九五八年的十二月，鉴于我的才华很显然在"眼力"上，我开始在邦德街的索斯比艺术拍卖公司担任搬运工，每周六镑薪水。

我懂得了中国瓷器和非洲雕塑。我卖弄着自己法国印象派方面的贫乏知识，平步青云。不久之后，我就成为速成的专家，飞到世界各地，以难以置信的自大宣布着艺术品的价格与真假。我尤其喜欢告诉别人他们的画是赝品。我们卖掉毛姆的收藏品后，他在多切斯特酒店的晚宴上讲了一个关于寺庙男孩、他自己和小象的故事。在花园大道上，一个女人当着我的面甩上大门，吼着："我才不会把我的雷诺阿给一个十六岁的孩子过目！"

我艺术品生涯的几个高光时刻：

1. 在雷诺与安德烈·布勒东谈论老虎机。

2. 在一座破落的苏格兰城堡中发现一幅很棒的高更的塔希提。

3. 和乔治·布拉克共度的下午，他身穿白色皮夹克，戴白色粗呢帽，围淡紫色雪纺围巾，允许我在他画一只飞鸟时坐在他的画室里。

夏天休假的时候，我去东方旅行，远至阿富汗，想知道自己是否能够写一篇关于伊斯兰建筑的文章。但有些东西不对劲。我开始觉得，事物虽美，却也可能带来伤害。艺术品世界的氛围令我联想到停尸房。"所有那些美好的东西由你经手。"他们会说，而我看着自己的双手，想到了麦克白夫人。人们会奉承我的"眼力"，为表反抗，我的眼力耗尽了。在纽约时经过一次剧烈发作，一天早上醒来我半盲了。眼科专家说器官本身没有任何问题。或许我看油画时太靠近了？或许我该试试遥远的地平线？去非洲？索斯比的董事长说："我确信布鲁斯的眼睛出了点问题，但我想不通他为什么非要去非洲。"

我去了苏丹。骑骆驼加步行，跋涉过红海地区的群山，发现了一些未见纪录的岩画。我的游牧族向导是哈登多瓦部落人，也就是吉卜林诗中的"绒毛头"。他带着一把剑、一只钱包和一罐芳香的羊油抹他的头发。他让我觉得自己负累太多却又很匮乏，等我回到英格兰的时候，强烈的反传统情绪开始生根。

我没有变成毁坏圣像的人。但我确实明白了为何先知们会禁绝对形象的崇拜。我辞去工作，入学成为爱丁堡大学考古系的一年级学生。

我在那个阴郁的北方城市的学习并不顺利。我很享受学习梵语的一年时光。考古学则似乎是一个忧郁的门徒：由于历史上那些最伟大的人物无从得见，以技术达成的荣光总被不幸阻断。在开罗博物馆，你能找到上百万个法老的形象。但摩西的面容在哪里？一天，当我挖掘一处青铜时代的墓穴时，正要扫去一具骸骨上的泥土，那句旧时的话语重又回来，挥之不去：

迁我尸骨者定遭诅咒。

我再次放弃。

要写本书的念头渐渐成形，它将是狂热的野心与偏执之作，某种对躁动不安的解析，详尽扩展帕斯卡尔那句人该安静坐在房间里的格言。粗略说来，论据在于：在人类的进化过程中，伴随着直立双腿和大步行走，人类同时也获得了迁徙的"冲动"或者说本能，要伴随季节变化长距离行走；这种冲动是无法从人的中枢神经系统分离的，因此，当被限制在定居的情境中，它会以暴力、贪婪、沽名钓誉或极度喜新厌旧的方式发泄出来。这可以解释为什么迁徙的民族比如吉普赛人是平等主义者，不被物质绑架，并难以改变；这也是为什么，为达成最初级的和谐，所有伟大的导师——佛陀、老子、圣方济各——都以持续不断的参拜朝圣作为他们传达的讯息的核心，告诉他们的门徒，要遵循"道"，字面意思就是路。

书越写越长，随着字数增长，写书的人也越来越无法理解它。它的内容甚至抨击写作这本书的举动本身。最终，在用打字机把手稿打出来时，发现它显然是无法出版的，我第三次放弃。

身无分文、抑郁消沉，三十三岁一无是处，这时接到了《星期日泰晤士报》杂志的弗朗西斯·温德姆打来的电话，这人拥有超群的文学品位，我根本不认识他。"你，"他问，"是否愿意找个艺术顾问这样的小差事？""愿意。"我说。

很快我们就忘了艺术，在弗朗西斯的督导下，我各类文章都写。我写过阿尔及利亚移民劳工、女装设计师玛德琳·薇欧奈和中国的长城。我就戴高乐将军对英格兰的看法采访过安德烈·马尔罗；在莫斯科我拜访了娜杰日达·曼德尔施塔姆。

她躺在床上，一支香烟粘在下嘴唇，从她被熏黑的牙齿间哼着一首凯旋的歌。她的作品已经完成。诚然，她的作品出版在海外，但有一天她的文字将回到故土。她看着我奉命带给她的惊悚小说，冷笑道："外国侦探小说[①]！下次，给我带点真正

---

① 原文为法语。

的垃圾来！"但当她看到橘子酱的罐子时，她的嘴唇咧开一道微笑："橘子酱，天啊，它是我的童年！"

每次我带着故事回来，弗朗西斯·温德姆都会鼓励、批评、修改，成功地说服我，最终我该尝试着手再写一本书。他最珍贵的礼物是准许我前行。

在巴黎，七十年代初的一个午后，我去见建筑与设计师艾琳·格雷，她已九十三岁高龄却对一天工作十四小时毫不在意。她住在波拿巴大街，会客室里挂着一张巴塔哥尼亚地图，是她用水粉颜料画的。

"我一直都想去那里。"我说。"我也是。"她又加了句，"替我去那里。"我去了。我给《星期日泰晤士报》发了封电报："去巴塔哥尼亚了。"在我的帆布背包里装着曼德尔施塔姆的《亚美尼亚行记》和海明威的《在我们的时代里》。六个月之后，我带着一本书的骨架归来，这次倒是得以出版。将字句串联起来时，我觉得对于我这样的多余人来说，讲述故事是唯一能构想的职业。我老了一点，更拘谨了一些，开始想要安定下来。现在艾琳·格雷的地图挂在我的公寓里。但未来尚无定论。

一九八三年

一个挂帽子的地方 ①

一九四四年的某天,母亲和我乘火车去看我军舰上的父亲,他的军舰辛西娅是一艘借给英国的美国扫雷舰,停靠在卡迪夫港整修。他是舰长。我四岁。

一上船,我就站在鸦巢上朝对讲机大喊,检查引擎,在军官室里吃李子派。但我最喜欢的地方是父亲的休息舱——一个刷着恬静浅灰色涂料、设施齐全的安静空间。床铺上盖着黑色油布,在一个架子上,有一张我的照片。

后来,当他回到海上,我会想象着父亲从他黑色漆皮帽檐下凝视海浪。自此之后,真正引发我遐想的空间就是船舱、木屋、僧侣的静修室,或者茶室——尽管我从未去过日本。

不久之前,在浪迹多年以后,我决定时机已到,不是落地生根,而是起码买个房子。我衡量过要不要买下希腊小岛上的一只白盒子,苏格兰的农舍,巴黎左岸的小公寓,以及其他常规的另类选择。最后,我得出结论,基地或许还是要在伦敦。毕竟,家,是朋友们在的地方。

我向一个美国人请教,她是身经百战的记者,五十五年来,把整个世界当成自家的后院。

---

① 原文为 hang your hat,意为在某个地方定居。

"你真的喜欢伦敦吗？"我问。

"不喜欢。"她说，用粗哑的烟嗓，"但伦敦并不比任何能挂帽子的地方差。"

就这么定了。我骑着自行车去找房子。我只有五个要求：我的房间（我要找的是一个单室套）必须阳光充沛、安静、低调、便宜，最关键的是，步行可到伦敦图书馆——在伦敦，这是我生活的中心。

在房产中介公司，我和那些朝气蓬勃的年轻人沟通，他们的纽扣眼里好像还插着康乃馨。他们面带礼貌的微笑聆听我的要求，听到我要付多少钱时，微笑变得鄙夷。"单居室，"他们说，"已经从伦敦这一带绝迹了。"

着手去西区找，我看了一系列工作室改建的房子，每一间都比上一间更糟糕，全都贵得离谱。我看见自己被房贷或者隔壁楼梯口叽叽喳喳的孩子彻底打败。最后，我向一位坚定信仰社会主义的朋友解释为什么要在贝尔格莱维亚区找一间阁楼。

我说，我想要住在粉刷成白色的峡谷般的街区，它们归属威斯敏斯特公爵名下，散发着老年疗养院的气息。在那里，英语如今是门失落的语言。在那里，夏季时男人们穿着白色长袍走在人行道上。在那里，屋顶竖着鬃毛一样的天线，让居民及时了解科威特或巴林的发展情况。

星期天。我朋友扫过《星期天泰晤士报》的房产栏目，她的手指停在一个条目边，嘲讽地说："这就是你的公寓。"

价格合适，地址合适，广告说"安静"和"阳光充足"。但当我们周一去看房子的时候，看到的是无可救药的破旧肮脏。

定制的米色地毯上洒着斑斑点点的咖啡渍，卫生间贴着黑色和绿得令人反胃的瓷砖。壁橱里有一个古怪的装置，那是张双人床。我们被告知，这幢房子，是整条街上两幢并不属于威斯敏斯特公爵的房产中的一幢。

"好吧。"朋友耸了耸肩，"这是间谍会找的那种房子。"

不过，它确实朝南。天花板很高。有白色烟囱的街景。底楼住着一位埃及穆斯林长老。屋外有一个年老的黑人穿着中东长袍在晒太阳。

"可能他是个奴隶？"我同伴说。

"可能吧。"我说，"不管怎样，事情有了起色。"

屋主接受了我的报价。我出国后从律师那里得知公寓归我了。

搬进去的时候，我不得不为了一两件琐事给上一任住客打电话——包括电话的性能问题。

"是的，"他同意，"电话确实很诡异。我原以为自己被监听了。事实上，我觉得我之前的住客是个间谍。"

如今，你一旦怀疑自己的电话被窃听，就会开始相信这事。一旦你相信，就会确定电话里每一声嘟嘟和嗡嗡都是有人在偷听。一次，我正好说了"福克兰群岛"这几个字，另一次，说了"莫斯科"和"新西伯利亚"（我在计划跨西伯利亚铁路旅行），两次，电话似乎都抽风了。是我的想象吗？显然是的。因为当我把旧款的黑色贝克莱特电话换成新式的型号后，嘟嘟嗡嗡声就消失了。我在狼藉中生活了几个月才开始装修。

当我走进一间风格现代的房屋，我很少——可能在英国从来没有——觉得"这是我想要的"。后来，当我走进年轻建筑师约翰·帕森设计的房子，即刻就知道，"这绝对就是我想要的。"

帕森曾在日本生活工作过。他反对后现代主义和其他愚蠢的建筑风格。他知道欧洲建筑多么浪费空间，懂得如何建造简单、和谐的房屋作为真正摆脱当代伦敦的丑陋不堪的避难所。我告诉他想要一个牢房与船舱的混合体，想把所有书籍都藏进走道里，还要足够多的橱柜。我们计算过刚好能在绿色的浴室里装一间小卧室。房间，我说，要漆成米白色，搭配同色的木质威尼斯百叶窗。除此之外，我交给他决定。

几个月后我从非洲回来，看到一间空阔、比例精妙的房间，极像文艺复兴初期油画中的一些房间，本身很小但给人空间无限的错觉。我买了一张折叠式牌桌用来写作，还有一把钢管椅，不用的时候，它可以在楼梯平台上存活。

接着我买了一张沙发。

很久以前，我曾在一家艺术品拍卖公司工作。我依旧时不时虚情假意地溜进索斯比和佳士得，只不过是为恭喜自己逃脱了"疯狂的占有欲"。然而，一天上午，在去伦敦图书馆的路上，我看了一眼克里斯蒂的法国家具拍卖——这次无从逃脱。

我看见的这种沙发或许在大卫[①]的油画里见过。它有精妙的古典式比例和原来的淡灰色油漆。它带有雅各布·戴马尔特公司[②]的纹章，横木上盖着凡尔赛宫财物清单的款识——从这些可

[①] 指法国大革命时期的著名画家、新古典主义画派开创者雅克-路易·大卫（Jacques-Louis David, 1748—1825）。

[②] 雅各布·戴马尔特公司是由法国家具制造师雅各布·戴马尔特（Jacob-Desmalter, 1770—1841）创立的家具工作室，作为巴黎最重要的家具品牌，在拿破仑时期为宫廷提供了大量设计精美、质量优秀的家具。

以看出它是为玛丽·路易丝王后的寓所制造的。那天上午我很幸运，密特朗当选法国总统，巴黎的买家们没有购物的心情。

显然，这样的物品应该由绣着拿破仑式金色蜜蜂的蓝色丝绸锦缎装饰。但沙发送来时套着平纹布料。无论是购买锦缎还是把它搬下楼去，哪一个选择的费用都不在力所能及的范围内，所以平纹布料只能留下。

至于其他的家具——尽管这房间不需要任何家具——我已经有一把老旧的法国扶手椅，摄政时期的物品，是原装但饱经风霜。我有一张桦木桌和矮凳——曾被我母亲称为"瑞典式摩登"的风格。

我曾时不时地在汉普斯特和海格特区的犹太难民家看见这种家具——他们在三十年代末来到伦敦时，行李中除了衣物别无他物，或许还有一张克利或者康定斯基。当然，它是由阿尔瓦·阿尔托设计，大战前由一家叫芬兰行的公司在伦敦经销。它是你能买到的最廉价的现代家具：我母亲记得一九三六年装饰她自己的单居室时花五先令买了一张矮凳。

在我的"艺术界"时期，我曾是个贪婪的收藏家，但只有少数几件物品留了下来。卖掉了埃及浮雕。卖掉了古希腊雕像躯干。卖掉了五世纪的雅典头像。卖掉了贾科梅蒂的画。卖掉了毛利雕刻，它曾是莎拉·伯恩哈特的床板的一部分。在我假装要成为作家的岁月里，卖掉这些换来的钱支付了书籍、旅行，或只是食物。

我无法为它们懊悔。而且，在邻近三十岁的时候，我厌倦了物质。在沙漠地区旅行几个月之后，我被一种"伊斯兰教式"

的反传统主义吸引，万分严肃地深信人不该在雕刻出来的形象前低头。结果就是，从这个反传统主义阶段幸存下来的物品，绝大多数都很"抽象"。

比如，我依旧保留着一张黄蓝两色鹦鹉羽毛做成的帷幔，可能是为秘鲁太阳神殿的背墙制作的，应当源自公元前五世纪。一九六六年，我在敦巴顿橡树园的藏品中看到过一件相似的藏品。回纽约时，我去看望朋友约翰·怀斯，他在韦斯特伯里酒店的一间客房里买卖前哥伦布时期的艺术品。

约翰·怀斯是一个体形庞大而荒诞感培养得极其精细的人。

"我愿意为这样一件东西付任何代价。"我说。

"是吗？"他咆哮道，"你口袋里有多少钱？"

"我不知道。"

"全掏出来，笨蛋！"

我递给他二百五十美元，他还了我十美元并用同样粗暴的语气说："我猜你还要吃午饭。"然后他叫助理在地板上铺开这块织物。

当我把它夹在手臂下离开的时候，他大吼着："幸运的混蛋！"

我还有一页用古阿拉伯语誊写的十八世纪的《古兰经》，它对作家来说有护身符的价值，经文中写着安拉先切了一杆芦苇作笔，再用它写出了世界；一幅画着香蕉树的印度画；一枚十五世纪的锡耶纳十字架，蛋彩与黄金制成；一枚来自日本寺庙的黄铜镀金纹章。除此之外，我还有一小套日本"根来"漆器，曾属于一位名叫恩斯特·格罗塞的德国人。

格罗塞在一战前曾负责管理柏林腓特烈国王博物馆的日本艺术品。在此之前，我相信他曾在京都大德寺居住。和他的友人、《弓与禅》的作者奥根·赫立格尔一起，他们是少数懂得欣赏日本"侘"文化的西方人，"侘"意为美学上的"简陋"。我最钟爱的宝贝是只圆盒，无疑代表着初升的太阳，产自十三或十四世纪，曾由著名茶道大师们世代传承。故事中说，制作这些漆器的僧侣们会在远远停泊于湖面的船中上漆，因为害怕尘埃会破坏最后一道漆料。

最后，我还有一件当代雕塑：挂在墙上的西瓜红玻璃纤维作品。我曾三次走进满是名家作品的房间，每次真正抓住我注意力的作品都属于一个"名叫达夫的怪人"。他曾是冲浪运动员，并修习禅学。

"我必须见一下这个达夫。"我说，最终，当我步入他在唐人街的工作室时，我知道，十分确切地知道，这是"真正的创作"。

我不怎么在家写作。要写作，我需要其他的环境和地点。但我可以在家里思考，听音乐，在床上阅读，做笔记。我可以为四位朋友做饭吃。而这一切，就是所谓的可以挂帽子的地方。

一九八四年

托斯卡纳的石头屋

那些致力于写书的人似乎会落入两大阵营：扎根的和迁徙的。有些作家只有"在家"才能写，合适的椅子，放着词典和百科全书的书架，现在或许还有文字处理器。对于那些会被"家"麻痹的人，比如我来说，家等同于写作瓶颈，他们天真地认为只要身处他方，一切就都会好。即便在最伟大的作家中你也会发现同样的分歧：福楼拜和托尔斯泰在他们书房里奋笔疾书，左拉要在书桌旁放一副铠甲，爱伦·坡在他的小屋，普鲁斯特在他软木墙面的房间；另一边的迁徙者中，有梅尔维尔，被马萨诸塞州秩序井然的机构"挫败"，或者海明威、果戈理和陀思妥耶夫斯基，无论是出于主观选择还是客观需要，他们都一心周旋于酒店和租住的房子之间——最后一位，则是在西伯利亚的监狱中。

至于我自己（这代价非常值得），试过在非洲泥屋（头上缠着块湿毛巾）写作，试过阿陀斯山的修道院，作家创作营，高地荒原里的小屋，甚至帐篷。但每当沙尘暴袭来，雨季降临，或冲击钻毁掉所有专心写作的希望，我就诅咒自己并自问："我为什么要在这里？我为什么不去石头屋？"

事实上，我的人生里有过两座石头屋。都是中世纪的石屋。都有厚厚的墙壁，冬暖夏凉。都能看见群山的景色被框在很小的窗户里,以防止你走神。一座石屋在威尔士边界、阿斯克河谷的牧场里。另一座是贝亚特丽切·雷佐利标志性的石屋——她用英语顺口地称之为"信号屋"——建造于教宗与保皇党之争的时代,伫立在满是橡树与栗子树的山坡上,位于佛罗伦萨以东大约二十五公里处。

多年来我只能远远地仰慕贝亚特丽切·蒙蒂·德拉科尔特(她当时的名字)。她曾是战后卡普里岛上的黄金女孩。在她二十三岁的时候,远在财阀将阴鸷贪婪的手伸向艺术市场之前,她就在米兰开了一家画廊,名为白羊座(Ariete),是欧洲最早展出纽约艺术运动团体新作品的画廊之一。她曾在林多斯(远在震耳欲聋的迪斯科舞厅盛行以前)买下一座十六世纪的"船长之家"。后来再听到她的消息,她已嫁给奥地利小说家格雷戈尔·冯·雷佐利(他也许算罗马尼亚人?)并在托斯卡纳的农舍里安了家。

英格兰的一个夏夜,这对在我想象中如同神话人物般的佳偶,被带来我家。不出几分钟我们就成了旧友知交:不出几个月我成了唐尼尼的常客。

屋子是一座农舍①:所说的农户是指十四世纪以来从阿诺河谷一波波向托斯卡纳乡间散落的迁居者。石屋坚固的建筑结构由石头和地砖组成,自古代起就未曾改变过。贺拉斯形容他托斯卡纳农舍的话,确实也可以用来描述三十年前任何一座石屋里的生活。

---

① 原文为意大利文。

入夜，一大家族里三十多个成员会蜷身睡在屋梁下。白天他们会照顾羊群或是蜂箱、葡萄园和橄榄园。他们用白色的公牛犁开狭窄的梯田，饮食，俭朴地以面包、豆子、栗子面粉蛋糕为主，肉或鸽子或许一个月吃一顿。后来，在战后的工业大发展时期，农民去工厂上班，留下数千户无人看顾的农舍。

从性格与成长背景来说，格利沙·雷佐利是个"不定的人"：对任何传记作者来说，要追溯他从欧洲辗转前往美国的行踪都是不可能的。雷佐利家族是西西里岛的贵族，入奥地利籍，最后在布科维纳落脚，这是奥匈帝国最边远的省份，如今已被苏联吞并。

一个边缘人，作为平民无依无靠漂泊在战争时期的德国，他冷眼注视过纳粹的倒台和其后的创伤，然后带着他惊人的叙事天赋在唐尼尼定居下来（几乎可以这么说！），将这些故事编织进他意义深远的小说《亚伯之死》。

夏天他会在改建过的谷仓里写作；冬天则在堆满书籍的洞穴般的书房，书房里那些幸存的纪念物中，有一张褪色泛黄的照片，照片里往四方延伸的庄园如今应该已是一片片农田，那曾是他的祖宅。但注视着男爵（他的托斯卡纳邻居这么称呼他）夜晚独自在林间散步之后，穿着厚大衣从暴风雪中现身，或是看着他和他的狗们（或是两头驯化的野猪墨墨与粉粉）气定神闲地漫步在橄榄树的山坡上，会意识到他已再次发现或者说再次创造出他童年时代里"失落的国度"。

我在唐尼尼的旅行总是与捧腹大笑联系在一起。雷佐利夫妇有一种特殊本领能招惹出各种荒唐可笑的场面。离他们最近的邻居是一位著名的德国导演和他的太太。这对夫妇在欧洲极左派中交友甚广。他们的座上宾包括丹尼·柯恩-邦迪,他更为人熟知的名字是"红色丹尼",意大利警察[①]总部不知怎么认为他们有可能庇护红色旅成员。警察还搞错了房子,布置好直升机和吉普车"进攻"雷佐利一家,用高音喇叭喊他们出来,放下武器,高举双手。

石屋离他们的房子不远,建在俯瞰阿诺河谷的尖坡上。当我第一次去唐尼尼旅行的时候,屋里住着农户一家人,屋子依旧归圭契尔迪尼家族所有,他们的先祖曾是但丁的朋友、诗人吉多·卡瓦尔康蒂的赞助人。尽管贝亚特丽切曾带着一丝掠食者的神采说"我梦想着买下那座石屋",我得坦白自己对石屋也有打算。还是小孩子的时候,曾步行游览佩里戈尔,我在蒙田著名的石屋里逗留了好几个小时,屋梁上用希腊语和拉丁文刻着名言。现在,我也有一个梦想——一个难以自抑的迁徙者的梦想——在明媚的托斯卡纳风景中定居下来,致力学术研究。然而,贝亚特丽切的梦想要比我的强烈得多。同时,我还留意到她有将梦想付诸实践的天分。租户离开了石屋。她将屋子买下开始修复工作。她的朋友、米兰建筑师马克·赞努索设计了外墙上通往高层房间的楼梯。屋内变成了一派"土耳其风",因为她专属于这座石屋的梦想是另一个"失落的国度",蔓延于博斯普鲁斯海岸的某处。这个故事要追溯至二十世纪中期,当贝亚特丽切的父亲,一位贵族、精通历史和艺术的纹章学专家前

---

① 原文为意大利文。

往罗马过冬时，娶了一位纤弱的亚美尼亚女孩，大屠杀之后她一直生活在意大利。

她于七年后去世。但关于她的记忆，关于这个美得不可思议且充满异域风情的人的记忆，给了贝亚特丽切挂念一生的信念：魅力——真正的魅力，而不是伪造的西式赝品——是奥斯曼世界的产物。石屋的房间一粉刷好，她就聘请了一个湿壁画画师，名叫巴比奇的老流氓，当地最后一个能画错视画檐板或在教堂天花板上画天使的人。当他来我现在写作的房间里画"奥斯曼式"条纹的时候，他一直从窗口窥视泳池里的男爵夫人，有些条纹画歪了。

我认识的贝亚特丽切从来只买价格合算的东西，就算她得穿越大半个世界才能买到它。她在喀布尔的地毯市集上买过达里地毯。在离家更近的地方，她从博美廷城堡买过椅子，那是附近山上一座仿造的摩尔式宫殿。另外，她还有各种各样奇怪的物品，那种难民会放进行李箱的物品：镀金的香炉和宫女的雕像；或是外祖父的画像，他曾是位帕夏，黎巴嫩的基督教总督——这些物品需要一个归宿，这个地方可以凭借着些许想象，召唤出临河消夏屋内慵懒夏日午后的余响。

每当我住进这里，屋内就变成书籍和稿纸的海洋，还有未整理的床铺和扔来扔去的衣物。但在石屋里我总是可以工作，无论冬夏、不分昼夜，都神清气爽——你工作状态良好的地方也是你最钟爱的地方。

一九八七年

去往廷巴克图

廷巴克图，廷巴图，通布图，廷布库，廷布库图，还是坦布库？怎么拼写都无所谓。这个词是句口号，仪式化的公式，过耳再不能忘。十一岁时的我知道廷巴克图是位于非洲心脏地带的神秘城市，那里的人吃老鼠——还用来招待客人。一位旅行者写的廷巴克图游记中有张模糊的照片，在一碗浑浊炖汤的表面，伸出粉色的小脚丫来，这让我兴奋不已。自然，我写了一首发表不了的打油诗。"汤炖老鼠"和廷巴克图押韵，而且对如今的我来说，两者间依旧存在坚不可摧的关联。

有两个廷巴克图。一个是曾经的法属苏丹：马里共和国第六个大区的行政中心——一个满是疲惫大篷车的城市，尼日尔河在这里蜿蜒流向撒哈拉，"一个为所有乘骆驼或小舟旅行的人准备的会面地点"，而会面罕有和睦的时候。一丝阴凉都没有的廷巴克图在阳光下烫得起泡，一年中大多数时间被灰绿色的水道切断了与外界的联系，可以通过水路、荒漠大篷车或一周三班从巴马科来的俄罗斯飞机抵达。

还有一个是脑海中的廷巴克图——一个位于永无之地的神秘城市，一处截然不同的海市蜃楼，一个遥远之地或是一句笑谈的象征。人们说"他去了廷巴克图"的意思是："他疯了"（或磕了药）；"他逃离了他的妻子（或债主）"；"他无限期离去，或许再不会回来"；或者这样说："他想不出还有什么地方比廷巴克图更值得去。我原以为只有美国游客会去那里。"

"那里漂亮吗？"我回来的时候有个朋友问道。并不。它和漂亮沾不上边，除非你觉得掉渣的泥土墙漂亮——墙壁是一种鬼魅的灰色，好像所有的颜色都被阳光榨干了。

对于路过的游客来说只存在两个问题。"我的下一杯饮料在哪里？"以及"我究竟为什么会在这里？"当我写下这些的时候，依旧能记起沙漠的风在绿色的水面呼啸而过；刺目的浅蓝色天空；身形庞大的女人穿着浅灰蓝色的布布装在镇上滚动；房屋上的百叶窗是同样刺目的蓝色，映衬着泥灰色的墙壁；橘色的凉亭鸟在轻柔的金合欢树上织它们篮子状的巢；肤色黑得锃亮的园丁们从皮革囊袋中倾倒出水来，漂亮地洒在一垄垄蓝绿色的洋葱上。瘦削的图瓦雷克贵族，外表如同神灵，手拿染色的皮盾牌和闪闪发光的长矛，他们的脸裹在靛蓝色头巾里，复写纸色的头巾为他们的皮肤染上雷云般的蓝；狂野的摩尔人留着开瓶器一样的鬈发；胸部紧致的比拉族女孩原属于旧时的奴隶种姓，她们将衣服脱至腰间，一边捣着她们的白，一边哼着单调乏味的曲子计算时间；巨大的桑海族女士们戴着大篮子形状的耳环，和四千年前吾珥女王佩戴过的耳环一样。

晚上，葫芦瓢一样的月亮倒映在氧化银般的河面上，昆虫的动静激起阵阵涟漪；白鹭栖息在金合欢树上；镇上传来阵阵锣声；一阵阵发自内心的笑声如清水般涌来；牛蛙，嗡嗡嗡扰人睡眠的蚊子，荒漠那一端远远传来豺狗的嚎叫和游牧帐篷前守门犬的叫声。或许脑海中的廷巴克图比人们想象的还要迷惑人心。

自它在十四世纪第一次出现在一张加泰罗尼亚地图上开始，就不断制造着欧洲受害者，并将很多人引向死亡。谣言慢慢在欧洲传开，说有一位名叫梅里王的英明的黑人君主统治着一个非洲王国，在那里太阳的子民们赤裸而纯真地奔跑着。他常被与约翰王混为一谈，人们曾预言这位神秘的基督教君主将领导他数不胜数的信众建立起他的国度。他将严惩异教徒，重新联合起信奉基督教的国家，世界将归于长久的和平。梅里王对满脑子生意的人来说还意味着取之不竭的非洲黄金。沙漠尽头有座全新的耶路撒冷城，这个愿景不仅仅只是被商业利益的念头渲染出了几分颜色。

但马里国王曼萨·穆萨，引发了这个传说的人，却是个虔诚的穆斯林。不仅没有猛烈打压异教徒，这位廷巴克图的创立者还在一三二四年造访开罗时给他的阿拉伯朋友们送去了太多的黄金握手礼，导致开罗交易市场的黄金价格陡然下降。他的随从们制造了这么一场震动，让一群商人、工匠、学者和建筑师，包括一位名叫艾斯·赛赫里的安达卢西亚人，跟着他回到了廷巴克图。一座宏伟的清真寺和世界上第一座黑人大学，从沙丘间耸立起来。

廷巴克图的黄金来自邻近的国家。金块像胡萝卜般大小长在地里。将黄金带到市场的人是食人族，坚持要吃奴隶女孩当晚餐。但在一个黄金可以和同重量的盐等价交换的易货体系中，这只是微小的代价。

到十八世纪末，这些人间天堂开始式微。绝大多数在地理学家们批判的凝视下蒸发了。非洲协会成立,决定英国人应该是最先踏足廷巴克图的欧洲人。于是他去了。他没能回来。戈登·拉英少校在一八二六年抵达廷巴克图。他从头到脚穿着制服,赞颂他的主人英格兰国王,洋洋得意地写下城市规划大计。在他拒绝和伊斯兰教(之后可能还有奴隶制)对话后从城中离开时,被他的护卫谋杀。

两年后法国人宣布一位雷内·卡耶先生抵达了这座失落的城市,他打扮成一个落魄的阿拉伯人,活着回来了。"我对廷巴克图的宏伟和富庶有了全新的观感,"他写道,"初看起来,这座城市只有无数丑陋的房子,由泥土盖成。到处都没有什么景致可看,除了无边无际的泛黄的白色流沙……最深邃的寂静淹没了一切。"

廷巴克图的黄金传说被戳穿了。查普曼写道:

在雄狮掠食的内陆深处藏着
一座神秘的城市,商家必争之地

年轻的丁尼生只是追问:

或者这廷巴克图的流言
不过是古老时代般易碎的梦

除了两座法国人的堡垒、一家酒店、一间公立中学和巧妙隐藏起来的为殖民者建造的营房,廷巴克图的外观自卡耶的时代以来也不可能有多少改变。它看起来依旧是"无数丑陋的房子，由泥土盖成"。确实，有一些是用白色的石灰砖块盖成，但灰色的泥沙尘埃很快就会侵入每一个孔洞。有些门框漆成草莓红，雕刻着绿色的涡纹，这是向装饰做出的唯一妥协，也是摩洛哥人占领时期仅有的遗赠。

他们依旧还从可怕的撒哈拉陶代尼盐矿中取来盐块——这是反奴隶制组织最热衷的攻击对象。图瓦雷克人依旧像鹳鸟一样阔步走在镇上，如今他们表现良好，因为在政府部门已经没有什么话语权。他们依旧会购买长矛、石头手环和叫作缠头布的靛蓝色头巾，因为他们永远不可以在公众场合露出嘴唇。但在图瓦雷克货摊的旁边，是一个专卖五彩陶罐、黑色蕾丝文胸、生热药膏和中国制造月兔牌尼龙长袜的商贩。这些是商业模式产生的改变。

市集上的女人们流连在最难以想象得到的杂乱货物前。黄褐色的葫芦里装着最热门的饮料：由酸牛奶、碾碎的黍米和蜂蜜制成。炖鳄鱼肉也十分常见。

街道光秃秃的满是灰尘，但如果你偷偷往有钱人家的房子里窥视，你会看见肥胖的女人躺在地上或是矮榻上。坐起来被认为会破坏臀部的形状。肥胖在女性中被追捧，是富裕的象征。要在干燥的沙漠气候中保持这样的腰围需要堆成山的食物——一直吃个不停。拥有庞大得需要侍女抬着走的妻子，只有十分富裕的人才能负担得起这样的奢侈。

由一群激情四溢的男孩组成的员工为员工自身的福利经营着酒店。他们过着王子般的生活。他们为晚宴盛装并在八点准时用餐。对最微小的请求他们都回以怒吼与大笑。他们共有一个女友。据说她是酒吧女招待，但更经常看到她笑得肚痛躺在地板上。接着她就得回家换衣服。夜晚的绝大多数时间，男孩们都在随着留声机的音乐起舞，唱片从几内亚送来。他们已经在这里跳了数个世纪的舞。

涂鸦很精彩，值得为此特意去一趟廷巴克图。它们从简单的男孩遇到男孩（"穆霍默爱雅哈亚"）到公然的政治宣言（"中国人是骗子"）都有。欢乐的是，它们都以工整的手写体用法语写成。

书店还是有两家的。福音书房和马里人民阅览室隔着主广场虎视眈眈地彼此注视着。销量不可能好。福音书房上方挂着块广告牌，写着：敬畏上主，是智慧的开始①——对于明智地活在永恒的当下的人来说，是绝好的句子。比利·格拉汉姆全集在打折，还有一些明信片也是。

人民阅览室经营两种报纸——《苏联妇女》和《莫斯科新闻》。报纸正加价出售，在市场上用来裹鱼、肉或蔬菜非常好使。更严肃也更大部头的意识形态类书籍，例如列宁、毛泽东、马克思或恩格斯全集则可以多一些积灰再将书页送去市场。它们被用来包小袋的物品：燃料、胡椒、鼻烟、烟草，用作堕胎药的猴面包树碎叶子，或是可以抵御镇尼（djinn）的护身符。在廷巴克图永远不要朝狗扔石头，白天鬼鬼祟祟潜伏在荆棘丛中的瘦长猎犬，夜晚可能会变成索命的镇尼。镇尼一开始是房

---

① 来自《圣经·旧约·诗篇》，原文为法语。

间角落的黑点，最后会和房子一样大。如果你相信镇尼和圣人可以凭意念飞行，蒸汽机时代的奇迹就只是业余的拙劣把戏。"我飞到麦加要多久？"一个老人问。我告诉他，一天内或许就能到。他并不满意。当地的圣徒们一般都是星期五早上起飞当天下午就回来了。他还知道一些叫美国佬的人宣称已飞到了月亮上。"这不可能，"他说，"他们在亵渎神明。"廷巴克图的居民有阿拉伯人、柏柏尔人、桑海人、莫西族图库勒尔人、班巴拉人、比拉人、马林凯人、富拉尼人、摩尔人和图瓦雷克人。后来到的有英国人、法国人、德国人、俄国人，然后是中国人。很多其他人会到来并离开，廷巴克图将保持原样。

一九七〇年

第二章

故 事

牛　奶

年轻的美国人将头俯向盛牛奶的碗，牛奶的颜色变暗，由白转灰，因为他的头挡住了光线。碗是半个葫芦瓢。他将碗捧在掌心，感觉到温热的渗透。牛奶表面漂着黑色的毛发和一股刺鼻的沥青味，他举起碗直到泡沫刷过他的胡须。"我喝咯。"嘴唇触碰到牛奶前，他略作停顿。接着他再次举起碗，大口喝下。

他飞快而专注地喝着，注视着液面在瓢的内壁下降。一口口牛奶疏通了他干渴而堵满灰尘的喉咙。这味道比美国的牛奶更浓烈，在舌头上留下苦味。

"杰布，留意你吃的东西。"尖细的声音带着恳求。"而且，无论如何，别碰牛奶。他们国家的牛奶不干净。"

杰布·安德鲁斯的脑海中出现了那幢一丝不苟的白色隔板房和他母亲忧虑重重的脸。

"我知道你不会有事，杰布。但这不能让我安心。如果你去的是欧洲，我不担心，但是非洲，杰布，还有那些黑人。"

他喝光牛奶后把碗翻转。白色的奶汁滴在他的牛皮靴上，此刻混了灰尘已变为红色。葫芦的外侧是暖黄色，表面刻画着动物和植物的图案。瓢有两处裂开了，但女人用上过焦油的双绞线把它缝合起来。是这线散发出了沥青味。杰布·安德鲁斯觉得葫芦瓢是件漂亮的物品。

时间是正午，天空蒙着霾，热得泛白。他的前胸和后腰都汗流如注。血液涌入双足，它们仿佛要在靴子里爆裂。

女人是颇耳族。她们在金合欢树的点点树影下向搭乘巴士旅行的游客兜售牛奶。这是数英里内唯一的树荫。她们细瘦嶙峋，这正是游牧部落女人的样貌。她们身着深蓝色棉布直筒裙，蓝色蹭在她们光泽的棕色皮肤上。硕大的铜耳环沉得使她们的耳垂下坠。

"再来一碗。"杰布对女人说。

他在潮湿的口袋里摸到一枚硬币。女人将碗放在尘土中，倒满。一个婴儿吮吸着她的乳头，粉红色的手指抓着她的乳房。杰布注视着一滴乳汁从婴儿的嘴角流下。

女人攥着硬币，将它打进棉布结中。她露齿而笑随即又藏起了笑容。她的同伴们在一旁打量，神情好笑又傲慢，目瞪口呆地看着一群灰头土脸的白人中的这个瘦弱男孩，他的金发正从半球状的葫芦瓢四周溢出来。

"就像动物园里的喂食时间。"杰布心想，"我就是动物。"

"安德鲁斯先生，还有件事，我建议你不要喝没有煮沸的牛奶。法国兽医已经报告说在北部所有地区都爆发了布氏杆菌病。"

杰布再次听见和平工作团①的医生那没有起伏的声线，看到他不赞成的唇形和整洁无瑕的工作服上方那张没有晒过阳光的脸。医生给了他抗菌药片和几包脱水食物。他都没吃。杰布喝

---

① 和平工作团（Peace Corps），美国的官方组织，派遣美国青年去往其他国家义务工作，以增进友谊。

下牛奶既是为了不顾医生的嘱咐，又正是因为医生的嘱咐。

有别于其他人的是个干瘪的女人，她的双腿瘦缩成纺锤状，双唇开裂，头发纠结蓬乱，她的乳房皱缩得像皮革制成的袋子。她蹲坐着，并不遮掩自己的性器官，也不在乎这些，不时在女人周围拖着步子走动，捡起用过的葫芦瓢。杰布看着她将葫芦瓢码放起来，仿佛经由整理它们，她可以修复自己损坏的子宫。

他经历了三个星期的舟车劳顿。非洲的陌生感已经淡去，在炎热和光线之中，非洲并不比家更不可思议。佛蒙特正值冬季。他试着去想象这景象，但画面不断失焦，只留下热与光。

他依然为老赫伯挂怀。秋天时他们曾站在百货商店下面的桥上。他们慢悠悠逛了一整天，叶子落下，红叶随黄叶，落入河中。

"你要走了，真是难过。"赫伯说，"我熬不过这个冬天。反正我就是这么觉着。"

"我会回来的，赫伯。"

"杰布，别顾着我。你应该去。也压根不用在意你母亲。你不能待在家里让她对你唠唠叨叨的。你已经到了该了解自己想法的年纪。"他的喉咙哽住了。雪应该已经厚厚积在赫伯的小屋四周，想到这事就让他心神不宁。

杰布·安德鲁斯发现自己的身体一直在变瘦变硬，旧有的成见也在蜕去。非洲人让他着迷——女人们，丰硕愉悦敦实的女人；豪萨族男子，他们脸上的伤疤像猫咪胡须，亮泽的皮肤映照着衣服的蓝和天空的蓝，于是成为不泛一丝棕黄的夜色；颇耳族男孩佩剑、身穿黑色皮短裙趾高气扬地四处走动，帽子上装饰着鸵鸟毛。杰布开始琢磨出他们观看的方式,他甚至学会了像非洲人那样吐唾沫:"咦呀呵……噗……"接着那团口水就会滚落沙尘消失无踪。

他喜欢村落里刚被舂过的粟米的味道,喜欢鼓鼓的泥土谷仓和捣杵有节奏的撞击声;被秃鹫粪泼成白色的蚁巢和散布在荆棘丛生的草原上的红土路;灌木的树皮是橘红色或浅绿色,它们的刺长而白,如同冰凌。在白昼的酷热中,颇耳族人的牛群徜徉在灌木丛间。它们有蜷曲的棕色皮毛和七弦琴般的角。杰布觉得它们是世界上最可爱的动物。他不相信它们的奶会带病菌。

司机叫乘客们回到巴士上。马路背离河流向北延伸。这里的泥土变得没那么红,猴面包树变得更肥硕也更矮小。他们在傍晚抵达镇上,停在一家叫蓝莲花的酒吧外面。有个发了疯的男孩在街上转圈圈。酒吧里几个非洲人在喝酒。杰布向老板点了杯啤酒,老板是一个矮胖的越南女人,头上裹着鲜花图案的头巾。一个男人进来推销放在金属托盘上的肉。她用圆鼓鼓的手指戳了戳肉。

"肉太硬了。"她说。

非洲人笑了起来。

"你才是难啃的那个,老板娘,这肉算不上。"

老妇人喜欢打情骂俏,开心地尖声大叫。杰布将她快乐的脸和杂志上的越南女人作了对比。

"你有房间吗?"他问。

"这是酒吧。"她说,"不是妓院。"男人又笑了起来。"要床的话你得去'营地'①。'营地'有个白种女人。"

杰布沿着泥土墙走到小镇边上,接着走过种满金合欢树的小巷,此刻是旱季,黝黑的金合欢树光秃秃的。小山上有间带圆拱门的低矮白石灰房子。它曾是外籍军团的食堂。过去还有个网球场,现在都是裂缝和坑洼,网也磨损了。白皮肤女人正在把洗过的衣服挂到晾衣绳上。她的头发染成红色的,眼睑上抹着黑色与绿色。环绕着颈根的衣领内,皮肤松垮地垂下。杰布觉得她看起来有点像条金鱼。

"安妮夫人?"

"是。"她漠然地注视着,既不惊讶也不热忱。

"有房间吗?"他语速缓慢地说道。

"我有一间房。"她用英语回答,"请这边走。"

拱门下是盖着绿色塑料布的金属桌椅。他跟随她走进院落,院里有只关着鸽子的大鸟笼,还有一只关在笼子里的猴子。几根九重葛在篱笆上艰难求生。"奥斯曼。五号房的钥匙。"一个图阿雷格老人曳步走来。她打开一扇绿色的门。房间里除了一张吊床和从天花板上挂下来的破旧蚊帐,什么也没有。白石灰正在剥落,墙上有浅白的壁虎。

"一千法郎一天,"她说,"包服务费。"

"你还有便宜点的吗?"

"这是最便宜的。"她无能为力地回答。

房间很贵但他很累,就要了下来。他已经在路边睡了三个晚上。

---

① 原文为法语。

杰布脱光衣服。他从裤子里跨出来，任其凌乱地堆在地板上。红色尘土已厚厚地积在他皮肤上。他裸身躺在床上。一阵更凉爽的风从荒漠吹过来，穿过百叶窗。他感觉到汗水正在他身体各部位晾干。

他醒来时已经天黑。他穿好衣服，经过拱廊走去男厕所。经过安妮夫人的房间时，他听见弹簧吱嘎作响，还有爱意的叹息和呻吟。百叶窗没有拉严实，所以他瞥见一具弯曲有致的黑色身躯躺在一堆粉肉上。

他洗完手走到室外的阳台上。昆虫们正围着一只孤零零的电灯泡颤动。另一个白皮肤女人正坐着喝酒。她很消瘦，面容悲戚。她的金发像一缕缕老鼠尾巴般垂着，脸因为受伤的下巴而歪斜。一条手臂挂着吊带。猴子咬了她的手。

"夫人在睡觉。"她说。

"确切说来没有。"杰布说。

"恶心。"她说，"她和非洲人做爱，这样他们就不叫她种族主义者了。她和非洲人混以后她老公就离开了她。现在我觉得她憎恨白人。"

女人叫吉尔达。来自阿尔萨斯并因为缺钱滞留。她曾从事记者工作并揭露过法国人在阿尔及利亚战争中的暴行。她极度同情阿拉伯人并极度憎恨黑人和犹太人。她说法国的犹太人泛滥成灾。甚至戴高乐都是犹太人。杰布听说过"反犹太主义"这个词，但他从未听到过有人用"瘟疫""病毒杆菌""感染病"和"癌症"这些词汇来形容人类。

她说安妮夫人像用人一样对待她。她的求救信没有收到回复。她骂邮局主管是"一个肮脏的酒鬼",而他称她为"帝国主义的纳粹"。她怀疑他把自己的邮件付之一炬。

安妮房间的门开了,一个穿着鲜亮蓝色牛仔裤的男孩姿态灵巧地走过院子。他向吉尔达女士点头致意,而她无视之。

"恶心。"她说。

安妮夫人跟随男孩走了出来,沉着冷静、纹丝不乱地穿着条格纹连衣裙。她问杰布要不要吃晚饭并让奥斯曼烤一只珍珠鸡。吉尔达夫人坐着假装看报纸。

珍珠鸡很难啃,阿尔及利亚葡萄酒让杰布很上头。稍后安妮夫人的几位常客来喝她的威士忌。这是镇上唯一的威士忌酒吧。有几个欧洲人打扮的黑人和一个前外籍军团的士兵,一个矮小的、被炎热烤皱了皮肤的男人,留着毛刷①似的灰发。

住在营地②的妓女听到吵闹声走出来加入派对。

"马泽拉·德拉,"外籍军团士兵跟她打招呼,"灌木丛里来的美人!"

她是颇耳族人。她有颇耳女人绝美的高颧骨和刀削斧凿般的薄嘴唇,长直且光泽的双腿以及门铰链般灵活的矮小身材。她穿一条紧身的粉色连衣裙。她把手肘搁在桌上,朝着杰布的方向凝望。他感觉她黑色的大眼睛正在剥他的衣服。

男人唱了首歌,结尾不断重复着"安妮和她的威士忌",安妮开始讨论是亚当强迫夏娃吃下了苹果还是夏娃为着这颗苹果

---

①② 原文为法语。

委身于亚当。

"你为什么不喝酒?"士兵远远喊道,"你是什么人,英国佬?"

"我是美国人。"

"哈!哈!美国中情局的!嘭!嘭!过来喝点威士忌。安妮,给这个年轻的间谍倒点威士忌。"

"我不喝威士忌。"杰布说。

"你必须喝威士忌。"安妮说,"为了杀菌。威士忌能把病菌都杀光。奥斯曼。"

"老板。"

"给这个年轻人倒威士忌。"

"很小一杯。"杰布说。

"你喜欢什么就倒什么。奥斯曼不喜欢倒威士忌。他是穆斯林所以他厌恶酒饮。有一天我给了他茴香酒治嗓子,他喝醉了。我觉得他没能原谅我。"

奥斯曼拿来了酒瓶,小心翼翼地像拿着颗炸弹。他把酒瓶递给杰布,杰布倒了半寸高的酒。

"再来点。"安妮说,"再来点。"

她拿过酒瓶倒了半玻璃杯。她把自己那瓶尊尼获加放在桌上,不离左右。她给自己又倒了一杯,用铅笔标注好高度。

"我没有威士忌不能活。"她说。

"和茶一样淡。"马泽拉·德拉幽幽地说。她看过来时杰布不安又激动。

"这旅馆不是我本行。"安妮夫人说,"很快我会退休去灌木丛。我会带上个漂亮的黑人男孩。我要盖间茅草屋然后卖首饰换酒钱。有人死在修女院，我要死在灌木丛。"

杰布同意这要比修女院好。

"我见过很多尔虞我诈的地方。"她说，"最糟糕的就是修女院。非常不健康的地方。在修女院人们永远互相憎恨。在尔虞我诈的地方人们有时互相憎恨，但不总是如此。"

"Mon Dieu, que ce garçon est beau."① 马泽拉·德拉说。

"她说你是个漂亮的男孩。"

"她也很漂亮。"

"Et il est américain？"②

"美国人。"

"Je l'adore."③

"她说她爱你。"

"我也爱她。"

"你从没说自己是美国人。"安妮说。

"我以为你知道。"

"我以为你是英国人。英国人，非常虚伪。我在英国很多次，战争期间，战争之后。可怕！有次我在一个英国城市。那地方名叫赫尔。我是和我的德国情人从德国去那里的。我们去了一户提供寄宿的人家，那个女人非常和善有礼，说自己多么喜欢德国人，这话完全不是真的，因为英国人恨德国人。她以

---

①③ 法语。
② 法语，意为：是美国人吗？

为我们都是德国人,然后给我们看房间。漂亮的房间。非常英式①,到处是花。然后她带着迷人的、真的是非常迷人的微笑问:'想必你们已经结婚了吧?'我说:'没有,夫人。当然没有啦!'②这个女人,微笑的女人,现在不微笑了,而是在尖叫:'滚出我的房子。这是间好房子。你们怎么能进来。去你们该去的妓院吧。'"

"我没去过英国。"杰布说。

"我告诉你,天啊,他们非常虚伪。"

"我有所耳闻。"

"他们很肮脏却觉得自己是干净的。赫尔很糟糕,亲爱的,但伦敦比赫尔更糟。这个德国人和我,我们去看电影。下流的电影③。我不撒谎。上了年纪的人赤身裸体。六十多岁的人不穿衣服。④做着你无法想象的事。然后他们邀请我们向女王唱赞歌。在海德公园里,上帝啊,在树底下!英尺,我的天啊!那不是脚吗!⑤"

男人们往自动电唱机里塞了硬币,开始演奏多哥语摇滚。外籍军团士兵跌跌撞撞地伸手拽住马泽拉·德拉想要跳舞。她痛苦地拉长了脸,朝杰布抛了个媚眼。

杰布回了个媚眼。

"你爱过非洲人吗?"安妮问。

"从来没有。"杰布不动神色地回答。他从没和女人上过床,但他不想露馅。

---

① ② ③ ④　原文为法语。
⑤　原文为法语。英文中英尺为 feet,也有脚的意思。

"你必须得和马泽拉·德拉恋爱。她想和你恋爱。"

杰布红了脸,感觉自信不翼而飞。

"听着。"她用袒护的语气说道,"我是以母亲的身份跟你说话。你害怕和她恋爱是因为你听说了不好的事。我告诉你,非洲女人比白人更干净。她们很谦恭①。而且她们都美丽得多。"

"你觉得我应该这么做?"

"这事我懂。"

外籍军团士兵醉得无法跳舞,他站在那里,双臂圈着她的臀部。他的脑袋蹭着她的乳房,但他正缓缓滑向地板。

"往下。"他语无伦次地说着,"往下……往下……往下……往下……"

"往下去哪里?"

"往下去洞穴里。"

"先生,你很清楚入场费是五千法郎。"

"啊,德拉!黑,美,而且残酷。"

现在他蹲着,妄图将一只手伸进她腿间。德拉紧紧并拢双腿。她又抛了个媚眼。

"黑,美,而且残酷。"

"他是个人渣。"② 她用确定的语气说道。

杰布帮士兵坐回椅子上。德拉就在那里搂过他,他们跳起舞来。他放松身心,舞步如飞。接着他并拢了双腿,她结实的腹部热力十足,穿透他的裤子,他像被充了气一样坚挺起来,

---

①② 原文为法语。

背脊上窜过炽热的颤栗。接着他们就在她的房间里了，他站着，她坐在床上，她的手指飞快拉开拉链，而他在祈祷，此刻想不起别的事别的人，只想着要祈祷。接下来他们上了床，拥抱在一起，然后她推开他，坐起身来。

"我要吃三明治。"她说，"你给我买三明治。"

"噢！别这样。天啊。别现在吃。"

"你给我买三明治。"

"我给你买三明治。"

"你给我买啤酒。"

"我也给你买啤酒。"

他起身从口袋里掏出一张纸币。她穿上件蓝色的罩衫裙阔步走去厨房。五分钟后她回来了，大声咀嚼着一只鸡肉三明治，不停咂嘴。接着她用头巾挽住头发，万事俱备。

但杰布把脸埋在枕头里，因为威士忌而晕头转向。她躺在他身边，感觉到他已绵软无力。

"恋童癖。"她嗤之以鼻的语气。

"不，不是的。"杰布痛苦地捶着枕头。"不是，不是的。"

"所有美国人都是恋童癖。"

她转过身去开始打呼，但她的鼾声并没有打扰他入睡。

但早晨的时候一切都不同了。自那个早晨开始，他再未忘记过那亮白的光线、舞动的窗帘，从未停止过感恩那紧致的乳房，无偿奉献的嘴唇，有力的双臂，在他背上留下红色抓痕的指甲，她那摩挲着他大腿的足底，两具身体一次又一次沿着棕与白蜿蜒的交界线载沉载浮，以及事后，当两人都疲惫的时候，她愉悦的微笑，她温柔梳开他头发的手指。他离开时走过露台。吉尔达夫人转过脸去面对墙壁。安妮夫人在织一件粉红色的毛衣。她从眼镜上方看过来，笑了。

"你连走路都不一样了。"她说。

一九七七年

法国的吸引力

向北之旅

男人们在蓝色墙壁下方狭小的长方形阴影中等待卡车到来。太阳刺目地照耀着,要吸干蒙着灰尘的红色街道的那些颜色。男人们蹲着。他们把蓝色的棉布裤卷过膝盖。他们的小腿细瘦、棕色,脚底像砂纸一样粗糙。

男孩沿着墙壁的阴影走来,双脚慢慢踩过灰尘。他的头发是红色的,但这是厚厚堆积的灰尘染成的颜色。他放下背包,坐在我身边。

"你要去阿塔尔①吗?"

"你也是?"

"我要去法国。"

他矮小敦实,或许二十岁。他坚硬的大腿从白色牛仔裤里鼓出来,现在牛仔裤因为泥灰变成了红润的粉色。他有些时间没洗澡了。他散发着浓烈刺鼻的气味但并不令人反感。他一直在嚼可乐果,果实把他的牙龈染成了橘色。他薄而卷的嘴唇泄露了他的摩尔人血统。那些摩尔人无视他。他肤色很黑。

---

① 阿塔尔(Atar),位于西非毛里塔尼亚西北部。

"你去法国做什么？"

"继续我从事的职业。"

"什么职业？"

"环境卫生工程①。"

"你有护照吗？"

"不，我不需要护照。我是个水手。我有海员证。"

他把手塞进身后的口袋，用两根手指钓出一小张潮湿褶皱的纸。

字是用西班牙语写的："我，唐·埃尔南·奥多内兹，证明帕特里斯·迪奥勒担任三等海员……"

"从阿塔尔，"他说，"我要去锡兹内罗斯城②。我要搭船去大加纳利岛。我会去法国，去南斯拉夫，去中国，然后继续从事我的职业。"

"环境工程师？"

"不，先生。是探险家。我要见到这个世界上所有的人类和国家。"

卡车来了，几乎已经装满了一袋袋的高粱和大米。塞内加尔人和摩尔人爬了上去。我们跟在后面。去往阿塔尔的旅程是一段糟糕的旅程，一路都是沙尘暴。摩尔人把他们的蓝色包头巾拉下来盖住脸，只留下一道不能再窄的横向隙缝，透过缝隙能看见他们闪烁的双眼。塞内加尔人戴着各式各样的头部装备。一个男人戴着他的内裤。他的鼻子，而不是眼镜，从垂直的缝

---

① 原文为法语。
② 锡兹内罗斯城，即西撒哈拉港口城市达赫拉，锡兹内罗斯城是它的西班牙语旧称。

隙中露了出来。

卡车停在一处警哨。一个宪兵爬上车来，数了有五十九个人躺在麻袋中间。法律禁止超过三十个人，宪兵是来自河边的萨拉科累人。他不会让自己人挪地方。摩尔人如今在他们的国境内所以也不用挪地方。全部五十九人继续在沙尘和夜色中前行。

我已经紧挨着环境工程师挤了十二个小时。"告诉我，"他说，"你见过印度人吗？"

"见过。"

"是个村落还是什么？"

"是个很大的国家，有太多的人。你该去看看。"

"是吗？！[1] 我一直以为它是个村落。"

在矿场

我们从山上俯瞰这平坦的国家，淡金色点缀着斑斑点点的黑色平顶荆棘树，你会明白为什么他们曾称其为"猎豹国度"。我们下方是矿区。有灰色的矿砂和新建的美国粉碎工厂，绿色建筑搭着紫色脚手架，还有倒闭的旧法国矿场，因为铜是低品位矿石，他们无法经济地将它们运出去。还有银色的油管、闪亮的铝合金小屋和黄色的吊车与推土机。从山上我们可以看见镇上用泥土砖盖的方盒子小屋，用包装箱搭的棚户区，还有游

---

[1] 原文为法语 Tiens，表示惊讶。

牧民族的帐篷。

少校指着一座灰色的小山，他曾在那里射杀羚羊。

"景色不错。"他说，"但你会喜欢在这上边。"他看了看手表。

"抱歉，恐怕我们得走了。午餐时我要阅兵。一会儿你就明白了。"

少校是个有条理的人，沙色头发，两鬓已经灰白。他穿着卡其短裤，红脸红膝盖，微笑的时候会诙谐地露齿而笑。他从英国军队退役，担任矿场的人事经理。公司是美国人的，但因为以色列的关系，政府不允许招募美国工人。绝大多数工程师是法国人。少校的工作一点不都惹人羡慕，他得在荒漠里让法国人开心，还得不断降低成本让美国董事们开心。

"让我用统计学来混淆你视线。"当我们在餐厅拿托盘的时候，他说，"在沙漠里，雇佣英国人要比法国人便宜六倍，比美国佬要便宜三倍。"

我们各自拿了一些洋蓟蘸油醋汁[①]和菲力牛排配蘑菇[②]，还有一瓶博若莱新酒[③]。月份是十二月。几乎所有餐桌旁都有法国人在用餐。我和少校都穿着卡其短裤。法国人盯着我们的膝盖瞧，然后抬起眉毛，点了点头。

"英国人喜欢油腻的食物。"我说。

"大概和战争有关。"少校说。

"或许。"

[①][②][③] 原文为法语。

"我的意思是,英国人总能把事情应付过去。"

"也不是所有人都能。"我说。

之前我已经吃了好几天山羊肉和藜麦。

"真好吃。"我说。

"你等着。"少校说,"他们很快就要过来投诉了。"

"没有什么好投诉的啊。"

"他们会找到的。如果你让银塔餐厅①将食物空运过来,他们还是会抱怨。"

"只有游客才会去银塔。"

"你运来薇姿水,他们要依云。你运来依云他们要沛绿雅。搞不过他们。我建议做投诉备忘录,这样他们就能将具体的不满用航空信寄出。但他们不乐意。他们想当面投诉。就像一道安全阀。"

"你真不容易。"我说。

"无法习惯给法国蒸汽做安全阀。"

"肯定很难。"

"我该做点改变了。"

通过在国外工作和逃避税务员,少校希望能存上一小笔退休基金。他的妻子也搬来了这里。她拿着园艺目录坐在小屋里。谋划她的花园让她保持神志清醒,但她受不了这酷热。

少校和我吃着主菜。然后一个穿蓝色牛仔裤的大个子走了过来。他的前额上垂着老鼠尾巴一样的辫子。他将盛在碟子上

---

① 银塔餐厅(La Tour d'Argent),位于巴黎第五区,1582 年由法国亨利三世的厨师开设,是欧洲历史最悠久的高级餐厅之一。

的卡蒙贝尔奶酪递过来。

"Monsieur，ce Camembert n'est pas mur."

"他说什么？"

"不熟。"

"这是奶酪不是水果。"

"C'est dur."

"太硬。"

"我可以告诉他可以塞哪里，但我不会说。"

"On ne met pas bons fromages dans le frigo."

"你不应该把上好的奶酪放在冰柜里。"

"上周我们把它们拿了出来。"少校说，"它们变成了橙色。"

男人耸了耸肩，回到他的餐桌旁。他向朋友们展示那块卡蒙贝尔奶酪，大力用拇指按压它。

"我们永远也理解不了法国佬。"少校说，"黑人对我来说要比法国佬不像外国人得多。我一辈子都和黑人一起生活。有些很聪明。真是聪明。"

"非常聪明。"

"不像摩尔人。无论什么日子，都是黑人胜过摩尔人。黑人更不拘泥于宗教。"

"不拘泥得多。"

"你可以和黑人共事，但摩尔人会制造数不过来的麻烦。政府拥有这座矿的一半产权但甚至不希望它赚钱。"

"或许和他们的宗教有关。"

"见鬼的宗教。"

"我在哪里读到过说摩尔人相信铜矿是魔鬼的财富。"

"它就是魔鬼的财富。我也会这么告诉你。所有的采矿工程师都是魔鬼。光凭傲慢他们就能胜过很多人。觉得自己什么地方都能炸穿。"

"他们很难搞。"我说。

"你知道吗?"少校的话题回到摩尔人身上,"摩尔人让我想起法国佬。一样的长相。看着我们的时候都像看脏东西一样。"

"别让他们惹你难过。"

"但我恨他们。我们这里曾有个电焊工。比利时人。好孩子。我曾给他剪头发。从十五英尺高处摔下来,被钢梁砸断了脖子,给他做帮工的摩尔人站在一边大笑。大笑!站在那里大笑!这让我觉得恶心。"

晚上起了风,雨燕的飞行划开了绿色的天空。这是干旱的第三年。游牧民失去了他们绝大部分牲口,聚集在矿区营地的边缘。

在市集上,一个伊斯兰托钵僧珍在吟诵《古兰经》中的章节。他的眼睛看不见。他的双眼几乎只有红色的血管和浑浊的浅蓝色白内障。他的话语急促高亢如鼓乐独奏。一个老人用一只手计算着时间。他把另一只手搭在托钵僧的肩膀上。他是托钵僧的父亲。

几个赶骆驼的人正在上鞍。鞍是红与黄的皮革制成。他们憎恨矿场。

少校想要为我在公司的航班上找到一个位置。他说我们要到最后一分钟才能知道结果。他打了电话得到回复说有个法国人取消了飞行。

"太好了!"他大喊道,"你有位子了。"

我们开车到简易机场却发现另一个法国人取代了他朋友的位置。于是我们开车回到镇上,找到一辆正准备出发的皮卡。他们刚好缺一位乘客。我挤上后挡板。

"飞机的事我万分抱歉。"少校说。

"不用放在心上。"

"你看起来很不舒服。"

"但我会对付过去。"

"承诺过机票后又这样真的很糟糕。"

"我说了不用担心,少校。"

"太糟了。该死的法国佬。"

"别让他们惹你难过。"

"说起来容易做起来难。和一群青蛙困在这荒漠里没任何乐趣。"

引擎发动了,红色的尾灯照亮少校的短裤和膝盖。

"我们走啦。"我说,"再见,少校,也十分感谢。"

"不用客气!"少校说,看起来神情悲惨。

回　程

男孩躺在皮卡的地板上。他纤细修长的双手拽着一块棉布。他不想让灰尘沾在他衣服上。衣服很美丽,绿色的裤子,黄色的套衫,橘色和白色条纹的围巾。他穿着簇新的衣服开始了这次旅行，现在它们沾着油污，满是沙尘。

他是我见过的最好看的男孩。他有那种令所有人觉得自己丑陋和逊色的长相。他受了惊吓，不开心，不停转动着他黑色的大眼睛，还在颤抖。

"你要去哪里？"

"达喀尔。"

"回家吗？"

"他们在边境拒绝了我。我有护照但是他们拒绝了我。"

被拒绝入境让他彻底崩溃。

"你要去哪里？"

"巴黎。"

"去读书吗？"

"去继续工作。"

"是什么工作？"

"你不会明白的。"

"我可以。"

"不，先生。不会明白的。是一种很特别的职业。"[1]

"法国的绝大多数职业我都知道。"

"但这很特别。你不会懂的。"

"说说看。"

"你不会明白。我是家具师[2]。我做法国古董家具[3]，路易十五和路易十六风格。"

---

[1][2][3] 原文为法语。

马克西米利安·托德宅邸

一九七五年二月六日,埃斯特尔·努尔曼博士掉入智利境内的巴塔哥尼亚贝尔格拉诺冰川裂缝。

她的去世使哈佛大学痛失任职于美国境内的最好的冰川学家。我失去了亲密盟友和挚友。每次想起埃斯特尔,我都无法不想到她的幽默,她的统计学才识,她盲目的、不假思索的勇气:从未有过回头的打算。

她的工作继续着,但少了人手,我该说是落入了叛徒手中。去年二月,她的研究生,明尼苏达州基德学院冰川研究院的赫尔穆特·林德博士(现在是教授了)发表了一篇一百零三页的论文攻击她的《南半球冰川研究》。九月的时候,在特拉维夫举办的世界气象学研讨会上,他形容她的发现"不负责任"。那天晚上,在希尔顿酒店的酒吧,我断断续续偷听到他用德语在向一位西德的听众解释说,努尔曼理论脱胎于理论创立者"无可救药的乐观"。"或者别的原因。"他轻声补充道,"她被收买了。"

我检查了她的数据。又再复查一遍。这工作花费了我六个星期时间:让我双眼通红、精疲力竭。埃斯特尔将她的素材都潦草地写在十三本口袋大小的黑色人造革笔记本里,只有她自己能破解这些密码,或是我这样和她亲近的人。我有义务这样做,为了纪念她也为了让投资我们研究的组织放心。我发现她的数据没有错误，研究方法和结论也是如此。

埃斯特尔的工作注定要让那些灾难论者不安。她确凿地证实了将石油抽入大气层并不会对冰川的温度产生任何影响。起码在接下来的一万年内，引发又一场冰川纪的可能，微乎其微。林德教授和他同事的论断只不过是反映了如今渗透进美国学术界的自我毁灭主义倾向。"那些渡渡鸟！"她会叹息着说，"那些渡渡鸟啊！"

埃斯特尔在一九六五年发表了她的理论，她的研究引起化工、石油和航天企业的注意。克利法特基金（隶属于哈特兰石油公司）为我们的第一个研究项目资助了十五万美元。我们用五个月时间研究了丁达尔冰花的结构，这是一种重复出现在融化冰层表面的六瓣形空洞，与某个日本禅宗大师峰峦重叠的书法作品十分相似。（这一领域的另一位专家野野村秀吉博士，退休后在奈良附近的寺庙修行。）

在我们完工之前，有其他十九个基金会强烈要求我们接受项目所需费用，无论数目。对他们的信托人来说，所有费用都没有不合理的地方；他们只希望研究继续。

一九七四年十月九号，一个红叶飞舞的灿烂秋日，埃斯特尔和我在哈佛学院俱乐部午餐，讨论我们对贝尔格拉诺冰盖的考察。我们的本尼迪克蛋都原封未动，我们的对话被邻座五位牛津历史学家喧嚷的口音淹没了。

埃斯特尔四十三岁，漂亮健壮，留着黑色短发，刘海盖在她浓密的眉毛上。常年暴露于阳光和风雪中，她的皮肤被打磨得像皮鞋一样坚韧。不因自满而闪闪发光的时候，她乌鸦腿般的脚踝呈白色。

她的衣着简单,并不迷人,实验室里穿的是毛衣和格纹裙,几乎没什么比她在剑桥的公寓里举办的奶酪火锅聚会更精致。但她对最糟糕的"原始风"首饰着迷:那瓦霍绿松石,非洲手镯,琥珀珠子。那天上午一只代表贝拉瓜斯文明的金鹰垂在她胸前,我没有勇气告诉她那是赝品。

午餐的时候埃斯特拉给了我一份极为重要的书单,列举了巴塔哥尼亚冰川的研究文献。她连一本小册子是一八九七年或一八九九年在瓦尔帕索莱还是瓦尔迪维亚印刷的都记得。她让我留意到新西伯利亚南极研究所的安德雷·史律科夫有一些新研究,他曾在阿连德时期探索过唐豪瑟边境的北坡。但她的话题总是不停回到某些贝尔格拉诺冰川的地形图细节上。

她用一种特别的眼神注视我。她问了一系列关于我们研究基金的尖锐问题——这几乎不像她的风格。她甚至问到了我们的瑞士账户。我可以万无一失地说我的脸上毫无表情,直到她放弃,恢复她上级的仪态。随后她谈及法诺·穆斯塔诺亚一九三九年在赫尔辛基用英语发表的《巴塔哥尼亚研究》。

"你会爱上老穆斯塔诺亚的。"她说,"他的文风简练而引人入胜。"

此刻的埃斯特拉对文风一窍不通,她使用的"引人入胜"这个词也远远超出她平常的客观范畴。

"我得把它影印下来。"她继续说道,"我向老穆斯塔诺亚保证过要给他一份。知道吗?皮博迪拥有仅存的一份原件。想想看!甚至连芬兰人都没有这篇论文!"

我赶紧告辞，冲向皮博迪比博物馆的图书室，取出曾被我忽略的四开本期刊。粉色的封面上漂亮地印着穆斯塔诺亚自己绘制的贝尔格拉诺冰川铜版画。标题以山毛榉细枝装饰的淳朴字体拼写而成。边缘一周绘着他在一九三四年的探险中从德维尔切人那里搜集来的人种学研究样本的小插画，样本已经交给罗瓦涅米博物馆。

想到在最北方的城市中存在的这些南方国度的手工制品，我很感动。我翻到第一百四十一至一百四十二页。刀片一划，干净利落地折叠两次，书页就到了我口袋里。事实上，穆斯塔诺亚的风格，对于一个芬兰人来说确实不凡：

路线起自安格斯图拉湖，一路上穿越被大风侵蚀的平原，那里稀疏地生长着旱本植物。卡拉法特冰川地区矮小的灌木丛（达尔文小檗）得以存活。但这一地区荒凉贫穷，美洲驼不屑一顾，不适合牧羊。在不断涌进我眼睛的盐沼泥灰中行进了二十三英里后，唐豪瑟河树木繁盛的河谷映入眼帘。远处，我能看见科罗拉多高原粉绿相间的岩层。再远处，是安第斯山脉蓝色的冰盖。

两小时的下坡路将我带到布斯托·伊班内兹的伐木工营地，我希望能从当地居民那里买到一顿饭吃。我的伙食缩减为烤长尾草地鹨已经有一星期，这鸟可一点都不容易射中，以它们这种体型的鸟类来说，颅骨硬得离谱。

然而，因为智利土匪，居住地已成废墟。一个女人蹲在她被烧成灰烬的小屋前，怀抱死亡的婴儿，带着忿恨的哀伤表情指着她丈夫挖了一半的墓。

不知何故，红花盛放的智利火焰树那耀目的光芒消弭了这场景的悲惨。河岸上是一丛丛吊钟花（F. Magellanica），还有丘斯夸竹（Chusquea Cumingia）和卓杉树。六出花在盛开，还有黄色角堇花、荷包花、雪花莲和一种橘色的猴面花，经证实这是一个新物种，我的朋友，乌普萨拉的比约恩·托佩柳斯博士用我的名字将其命名为穆斯塔诺亚堇。

逆流而上走了三英里后，我遇到一间被烧毁的小木屋，土匪恶行的最新证据，我从木屋里捡到一块颇有意思的人类头盖骨。我在宜人的草甸上扎营，很满意地发现了一些马驼鹿的新鲜粪便，便出发去狩猎我的晚餐。

还没走出三百码，一只母鹿就闯进我的视线，我一枪解决了它。幼崽飞快地冲向它已死亡的母亲，我也一枪解决了它。然而，我没留意到公鹿也来到了幼崽附近。我的第二枪穿过后者的头骨，连带射走了后者下颚的咬合部分。我不得不杀了第三只鹿，就这样灭了它们全家。

早上，大快朵颐之后，我出发去探索科罗拉多高地……

《巴塔哥尼亚研究》接下来的一页——即便现在想起要透露它的内容我都不禁要颤抖——描述了一处被霍迪克委员会的勘测员在一九〇二年时忽略的"遗落"峡谷。想到埃斯特尔知道了它的存在我就胆战心惊。

十一月三号我从纽约飞往布宜诺斯艾利斯。我独自一人，事先为埃斯特尔安排了西雅图波音纪念馆的讲座，这是她几乎没可能拒绝的邀请。我们约好一月的时候在阿根廷靠近艾斯克尔的边境某处会合。

十一月九号我抵达安格斯图拉湖。该地区比穆斯塔诺亚那个时代发达了些。大牧场如今归一个德国人所有，唐·吉尔莫·梅加斯特在二次世界大战之后来到这里。这里有一间警局、一个加油站，还有埃尔哈布拉旅馆兼酒吧，旅馆是波纹铁板盖的房子，漆成青绿色，但迎着风的那面涂料已被盐性风沙腐蚀掉。

老板是个悲伤的年轻寡妇，正迅速发胖，成天涂抹指甲油和翻阅阿根廷足球杂志。晚餐，巴塔哥尼亚大草原上一成不变的晚餐，由一罐沙丁鱼、一块能在盘子上弹起来的羊肉和用企鹅水罐装的酸红酒组成。

另外两个客人戴着硬皮帽子，坐在窗边玩多米诺骨牌。其中一个是饱经风霜的大高个，长着不饶人的嘴和不安分的眼睛，从头到脚穿着黑色。他的伙伴是一个驼背的印第安侏儒。

侏儒赢了游戏，轻声说："万岁！"高个子把刀插入刀鞘，让侏儒坐在自己前臂上。两人一同朝风暴走去。

前往布斯托·伊班内兹的道路依旧如穆斯塔诺亚的描述一致。但伐木工营地已经不知所终，河谷中长满了竹子。如果没有《巴塔哥尼亚研究》，任何旅行者都不可能找到通往高原的悬崖。

抵达五千零五十英尺的高度——如果我的气压计没有出错的话——我站在了智利边境线上，从穆斯塔诺亚第一次看见峡谷的山脊上俯瞰。我让视线徘徊在他曾如此生动地描述过的景象上：堤坝般围绕着冰盖的紫色云层，圆形的清澈蓝天，彩虹，雨幕，贝尔格拉诺冰川兀自"如婚纱的裙裾般流泻"，两边是云母片岩那闪闪发光的斜坡和黑森林，远处的峡谷底部有一条河蜿蜒流过绿色的牧场。

我从未如此明白他所谓的"微气候"是什么意思。我沿着小径向下走，弯弯绕绕经过一片耧斗草、郁金香、水仙、黑鸢尾、藏红花和贝母组成的"花圃"——全都是亚洲物种。事实上，高加索和兴都库什山脉的稀有品种如此之多，很明显种植者是一个能力超群的植物学家。我在一株扭曲的丝柏树边停下脚步，在一间用树皮和树根搭建的小屋里休息，小屋是以卢梭在埃尔芒翁维尔一座公园里的隐居地为原型（依照休伯特·罗伯特所绘的铜版画建造）。小径本身就是一件不折不扣的艺术品——铺满了白色的卵石，均匀地确保踏足其上时的完美感受，所有碎石和扎人的石块都清除了。

擦过层层叠叠的翠绿地衣，我来到山毛榉的幽暗丛林，除了麦哲伦啄木鸟的凿树声一片寂静。再向下行进一千英尺，我来到年轻树种间斑驳的阳光下，有白杨、泡桐、枫杨、西伯利亚白桦和长着蓝色针形果实的流苏树。

峡谷的地面上铺着起伏的植被，发现它不是草，而是匍匐生长的安第斯草莓，点缀着揉碎后会散发甜美气味的果实。

鸢尾兰绕着湖泊四周如深蓝色缎带生长，湖水是淡得不能再淡的青瓷色，如此清澈，白石河床上悠游的鳟鱼如同漂浮在空中。

这些鸢尾是峡谷中唯一的蓝色花朵。其他植物还有白色垂柳，白边的楤木，银色白面子树和菊蒿叶状的荆棘。花丛中有一株白色独尾草，还有高山牡丹、高山峨眉蔷薇和硕大的宝塔状喜马拉雅雪莲。其余植物是黑色的，黑色延龄草，黑色枝干的竹子，还有来自堪察加的黑骑士贝母花。克里特长尾叶天南星的花萼旁站立着一丛丛如同灵堂帘幕的柳树。

托德先生的房子——因为托德是业主的名字——是座空灵的楼阁，建在离湖一百码开外的小山上。它占地三十五英尺见方，四方朝向标准，除了北面，其余三面墙上各有五扇格子窗。墙壁是以板条竖向固定的木材，漆成锡灰色。上了釉的栏杆是暖调的象牙白。

这结构再简单不过。它有着勒杜①的理想城和纽约州震颤派②社区那种乌托邦式建筑的严谨和完美比例。唯一的装饰手笔是绕着窗框的两条串珠状细线，一条是暗青色，另一条是深红色。

房屋完全摒弃了西式建筑的传统规律。屋顶按中式风格微微倾斜，没有一堵墙是同样的确切高度，全部都稍许内倾，这些细微的不对称让房屋笼罩在一种静谧的动感中。

台阶是灰色片岩石板，四角斜切，镶着红玉晶石。一片芸香种来掩盖地基，灰绿色的枝叶仿佛将房子抬离了地面。

山丘脚下有一根木桩，十英尺高，漆成朱红色。绿色缰绳将一匹浅枣红色的土库曼牡马拴在木桩上。马鞍是蒙古族风格的，黄色皮革，下面是银马镫。

一个男孩从屋里走出来，金属手套上栖着来自异域的隼。

---

① 勒杜（Claude Nicolas Ledoux，1736—1806），法国建筑师。
② 1776 年在美国纽约州建立的基督教新教派别。

他穿着圆领的灰色丝绸衬衫、烟草黄的长裤，红色的皮靴像手风琴般皱褶。他灰色的双眸只顾看向鸟的眼睛。他骑上马，马缓步向着山墙间的缝隙跑去。

第二条路通往一座浅蓝色的桥，桥下是流向牧场的溪流。白杨林的遮掩下，一排建筑隐约显现。近旁是新古典风格的黑色鸽舍，托德先生一贯在这里训练他最爱的鸟儿们像苏菲派修士一样跳回旋舞。

在这种场合，他会穿帆布和未经加工的麂皮制成的短靴，浅灰色罗登呢质地的长大衣。他是一个大约五十五岁的健壮男子……但在这篇回忆中描写他的外表并非我的意图。

房内的墙壁都漆着象牙色的蛋彩颜料。

窗户板是灰色的：没有窗帘。

一只瑞典吊灯照亮了大厅，灯上悬挂的不是水晶而是琥珀。地板铺的马赛克是火山石中找到的碧玉和玉髓。搁板桌上放着的是一双普德莱猎枪和一对拿破仑时期的绿色摩洛哥山羊皮公文箱，一只如今用来放弹夹，另一只用来放鳟鱼飞饵。墙边放着一系列"战利品"[①]，有裂开的鱼竿、鱼叉和托德先生的弓箭装备：一张一七八八年为莫维尔爵士[②]定制的紫杉木弓，一张蒙古双曲弓，一个日本室町时期的武士箭靶。

一对奥地利冰镐交叉放在一只能想象得到的最轻盈的登山背包旁，由海豹膀胱缝制后捆绑到白杨木压制成的边框上。

[①] 原文为法语。
[②] 资料显示法国植物学家莫维尔爵士（Hippolyte Boissel de Monville）生卒年为 1794—1863 年。

厨房和浴室都是纯实用风格的，唯一的奢侈证明是斑岩制成、带银盖的抽水马桶。除了几个入墙的碗柜之外，房间其余空间是个单人间，由罗斯兰①上彩釉白瓷砌成的壁炉供暖。地板由打磨过的松木镶嵌而成。地毯来自西藏，蓝色。

房间最东端有一块屏风，盖着极浅的橙色夏威夷树皮布，屏风后面是内伊元帅②的铁艺行军床，配有原装的橙绿色塔夫绸帷幔。

屏风后面挂着几幅水彩画和素描画，它们从规模大得多的收藏中抢救出来的几幅，如今托德也不全然厌恶它们的存在。它们中有德国画师梅尔基奥尔·洛尔克③绘制的《苏莱曼大帝骑马像》，雅科伯·利戈齐④画的《鹰翼的构造》，曼苏尔⑤为贾汗季皇帝绘制的《北极燕鸥》细密画，几幅比贝穆斯采石场⑥，卡斯帕·大卫·弗里德里希绘制的浮冰，德拉克洛瓦自己褶皱的床单，还有特纳"彩色之晨"系列中的一幅——金色天空中飘着两朵暗红色的云。

---

① 罗斯兰（Rörsrand）是瑞典最著名的陶瓷品牌，成立于1726年，因被使用于诺贝尔奖晚宴而为人熟知。
② 内伊元帅即米歇尔·内伊（1769—1815），法国大革命时期以及拿破仑战争时期的法国将领，1804年被授予帝国元帅称号。
③ 梅尔基奥尔·洛里克（Melchior Lorch，约1526—1583），油画家、版画家和绘图师，作品主要记录16世纪的土耳其风俗与日常。
④ 雅科伯·利戈齐（Jacopo Ligozzi，1547—1627），意大利油画家、插画师、设计师、细密画画家，画风为后文艺复兴和装饰主义。
⑤ 即印度画家乌斯塔德·曼苏尔（1590—1624），作品为莫卧儿风格，绘制的珍稀动物和鸟类深受莫卧儿皇帝贾汗季欣赏。
⑥ 指法国印象派画家保罗·塞尚在1895年至1904年居住于法国比贝穆斯采石场地区时创作的一系列以当地岩石地貌为主题的油画。

除却一把铁架野营椅①和维旺-德农男爵的旅行书桌，房间里其他的家具都不值一提，因为托德先生说他不想在装不进骡子驮篮的家具上浪费时间。

然而，还是有两把高背扶手椅，套着剪裁精准的亚麻罩。三张漆灰色蛋彩颜料的桌子上，陈列着经过托德先生不断淘汰以及经历艰难跋涉之后剩余下来的精华。

所有这些艺术品中都找不到人类肖像。

虚构令阅读劳神，所以我仅列举商朝带"瓜皮绿"铜锈的青铜义方彝，纽伦堡巫师的镜子，绘着紫色花朵的阿兹特克盘子，水晶制成的犍陀罗舍利塔，镶金的牛黄石，玉笛，贝壳腰带，埃及第一王朝时期的粉色花岗岩荷鲁斯雕像和一些爱斯基摩海象牙雕刻的动物，尽管它们的五官特征是时髦的极简风，但生动得仿佛会呼吸。然而，我必须单独列出的是三件砍伐工具，因为它们是马克西米利安于一九四一年在耶拿市发表的文章《锐器美学》②中的主题。在文章中，他声称所有武器都是人工利爪或獠牙，让使用者获得食肉动物那种撕扯温热血肉躯体时的满足感。

它们是：

1. 一把从塞纳河砾石河床上发现的阿舍利时期的燧石手斧，因为路易十五的金铜色装饰物和献词"谨献于国王"而更加令人着迷。

2. 一把青铜时期的德国匕首，是托德先生的父亲在波罗的

---

① 原文为法语。
② 原文为德语。

海边的于克明德市的一座坟墓中发掘出来的。

3. 一把剑刃,来自亦师亦友的厄内斯特·格鲁恩沃德的收藏,制造年代为一二七九年,带有日本中世纪时期最伟大的铸剑师藤四郎吉光的款识。(刀锋上的印记显示它曾成功地在一名罪犯身上实行过居合道,一种刀刃从右髋骨刺入后斜上划至左肩胛骨将人体切开的剑术。)

我也不应该忘记描述另外三件来自格鲁恩沃德收藏的物品,一只由光悦①制作的名为"冬群山"的茶碗;一只满洲里赫哲族用桦树皮编织的盒子;一块刻着绿色铭文的青黑色石块,写着:"此石眼纹砚出自西团山缓坡老坑,为画家米芾所有。"

树皮盒子里装着托德先生最珍惜的两件宝贝:禅道大家千宗旦的书法,写着他的教义"人本无所有";还有一幅米芾的山水卷轴——米氏画云如山又绘山似云,他醉酒,癫狂,是砚台鉴赏家和家畜憎恶者,他总是带着他无价的艺术珍藏倘佯在山水之间。

房间的墙壁空空如也,只有一枚装裱起来的镀金叶脉书签,上面用土耳其文字写着鲁米的诗句(诗集《玛斯纳维》卷六,第七百三十二首):"如死者行走,他先于他的死亡死去。"

托德先生的图书室——至少是看得到的部分——不是寻常意义上的图书室,而是一系列对他而言具备重要意义的文献。它们用灰色封面装订,保存在一只鲨革旅行箱内。我要罗列一下这些文献的排列顺序,因为顺序本身有助于深入了解所有者

---

① 光悦:本阿弥光悦,日本江户时期的书法家、陶艺家、艺术家,书道光悦流的创始人。

的性格：格西安的《论倦怠》，早期爱尔兰诗歌《隐者小屋》，谢灵运①充满诗意的散文《山居赋》，腓特烈二世的《猎鹰的艺术》②摹本，阿布尔·法齐尔关于阿克巴皇帝驯养飞鸽的记录，约翰·丁达尔的《水与冰颜色研究》，雨果·冯·霍夫曼斯塔尔的《物之反讽》，爱伦·坡的《兰多的小屋》，沃尔夫冈·哈默利的《该隐的朝圣》，波德莱尔以英文为题的散文诗《世界上任何地方》，以及路易斯·阿加西一八四〇年版的《冰川研究》，附有少女峰和其他瑞士冰川的彩色石印画。

即使对最不具观察力的读者来说，我就是马克西米利安·托德也已很明显。我的历史无关紧要。我憎恶志得意满。另外，我相信一个男人是他所有之物的总和，即便少数幸运的男人靠不持有身外物而安身立命。一些与我生平相关的事实或许有助于将我拥有的物品归纳出时间顺序。

我于一九二一年三月十三日出生在缅因州巴克斯波特的一幢花岗岩豪宅中，房子属于我的美国祖先。（房子里有一幅科普利绘制的水平乏善的肖像和一系列阿蒂卡花瓶，即使对孩提时代的我来说，也激不起任何占有欲。）我父亲是卡列博·索尔顿斯塔尔·托德，我母亲是来自东普鲁士于克明德市的玛丽亚·格兰芬·汉克尔·冯·特罗施克。巴克斯波特的托德家族靠将冰块出口到印度而发家。我的德国先祖们在蒙古人入侵之后走入历史。我父亲是麦迪逊·格兰特的信徒，言必引用其著

---

① 原文为 Hsien Yin Lung，查特文疑似将 Lin（灵）Yung（运）的首字母对调，误写为 Yin Lung.
② 原文为拉丁文。

作《伟大种族的消逝》。作为哈佛大学一九一〇级的大学生,他阅读并如饥似渴地吸收着欧内斯特·海克尔的人种观,此人以草率的生物学抉择来解释历史的尝试是对逻辑和常识的冒犯。

卡列博·托德在一九一二年第一次去德国,因为长相而获得无数仰慕者,他的魅力暴露了他极为贫乏的头脑。在哈佛,他开始对考古学感兴趣,在阅读过科西纳在《德国的青铜时代》中不切实际的年代表之后,很认真地相信雅利安人自然而然就出现在了吕内堡石楠园。整个战争时期他都留在美国,但在一九一九年回到了德国。在挖掘冯·特罗施克庄园里的古墓时,他遇到我母亲并娶了她。

我童年时代的夏天都在缅因州和于克明德市庞大的新古典风格的宅邸中度过,于克明德市的房子可以看到沼泽和天空,还有带冰冷大理石女神雕像的玻璃中庭。我记得自己对蓝色冰川的狂热始于一九三〇年在汉堡美术馆的一次参观,在那里我看到了弗雷德里奇的杰作《希望号残骸》。当我在一九三四年第一次将目光投向格林德瓦冰川的尖峰和"烟囱"时,我对自己的热爱确信不疑。

一九三八年六月,由于我父亲的胆小和缺乏航海知识,我母亲在波的尼亚湾的游艇事故中溺亡。从此我再也没有见过他。

我的教育被托付给私人家庭教师;事实上我完全是自学。一九三七年五月,我在慕尼黑发表了关于阿尔特多弗尔的《亚历山大屠场》的第一篇艺术史论文。几个月前,我在巴克大街的古董商人那里购得一个铁质画架,拿破仑就是用它将画推进了他在马尔迈松的浴室。我的主题是大流士一世眼中的神情,惊恐却又含情脉脉，隔着狂暴混乱的战场，他看见亚历山大的长矛正瞄准自己。

正式宣战时我在因斯布鲁克，正为一篇介绍斐迪南大公在阿姆布拉斯宫的多宝阁的文章做笔记。我知道美国人会和盟军一起作战，就匆匆赶往柏林。经由外祖父的影响力，我成为德意志公民。

我选择德国的理由是纯艺术性的。我相信战争是人类至高无上的美学体验，这只有德国人和日本人懂得。只有他们懂得战争的和谐一致：为另一方而战是无法想象的。

我和我的朋友们都没指望会赢。我们从未有过和最高指挥官共同的歇斯底里的乐观。我们为无法向机会主义的暴发户们解释的缘由而战：于我们而言，布尔什维克主义和国家社会主义是同一现象的不同切面。我们并不为祖国而战。我们为战争而战。事实上，我们为战败而战。从美学意义上来说，失败永远更确定。

在柏林，我与厄内斯特·格鲁恩沃德结交，他是德日友好社团的秘书长。他曾在日本生活了三十年，其中十年居住在京都的大德寺内。他是西方唯一懂得日本人称之为"佗寂"的艺术风格的人。这个词字面的意思是"贫瘠"，但用在艺术作品上则意味着真正的美，"挣脱这个世俗世界的美丽"，必须仰仗它使用的最朴素的材质。

我搬去格鲁恩沃德位于埃伯斯瓦尔德附近的庄园和他一起居住。那个夏天，被迟开的菩提花以香气净化过灵魂，我们练习弓道，而门外，坦克群正隆隆开向波兰。

一九四〇年十二月,我加入了第二十四装甲军团。第二年夏天,我们入侵了乌克兰。我能塞进坦克的奢侈品有限,但依旧得以带上普德莱猎枪、几卷伏尔泰和我的吸烟装。我的朋友莱纳·冯·海根博格和我答应要穿着平民的服装参加改换门庭的莫斯科大剧院的首场演出——一场我们都知道永远不会举行的演出。

关于入侵的一切都没有令我失望:在普利佩特沼泽打野鸭,燃烧弹熊熊的烈焰,战死的蒙古士兵黄色的脸庞,苏联的大喇叭在荒弃许久的麦田上播放着刺耳的《布琼尼进行曲》,贵族们经过了二十四年行尸走肉的生活后,用苍白但欢乐的脸庞迎接我们。

一九四二年九月十二日,我们进攻斯大林格勒的时候,一颗子弹击中我的腹股沟。躺在野战担架上,我去掉了名字里最后的字母"d"①。然而我在手术后恢复了健康。海根博格甚至找回了我的伏尔泰和普德莱猎枪。我,一个因伤退役的士兵,回到了柏林。

第二年夏天我发现自己以冰川裂层专家的身份来到了芬兰。在罗瓦涅米我遇到了穆斯塔诺亚,他的品位与我的如此契合。他对巴塔哥尼亚冰川的描述燃起了我对遥远南方的渴望。我嫉妒他那些爱斯基摩手工艺品收藏。

穆斯塔诺亚在森林里建了一座多利克风格的楼阁,内外都漆成黑色,刻着银色的泪滴,纪念弑君者圣茹斯特在兰斯市布置的房间。在这里,当极昼的光芒在白桦林间闪烁,我们吃着

---

① 原为 Todd,去掉最后一个字母后为 Tod,读音不变,但英语中有 on your tod 的短语,意谓独自一人,而在德语中,Tod 一词意谓死亡。

盐渍生鲑鱼、烟熏鹿肉配野生黄莓，我们的对话直到第二天清晨都不知疲倦。也是在这里，我目睹了他悲伤的结局。

直至一九四四年十一月，元首还在从瑞典进口斑岩石，无疑是想要为自己雕刻纪念碑，无疑还不知道瑞典斑岩并不是埃及斑岩合格的替代品。他的地理学家们在选择优质石材上一窍不通。我被获准为其效命。我出发前往斯德哥尔摩，随身带着格鲁恩沃德最优秀的收藏，保护它们免受某些破坏。通过中间人，我送给王储一只曾属于玄宗皇帝的高脚杯。我被允许避难。杯子并非损失，在我看来，它是格鲁恩沃德唯一的一次走眼。

一九四五年我成为阿根廷公民，化名米尔斯开始了冰川学家的职业生涯。最终我回到美国，在那里，我从一些无足轻重的大学收集到了毫无意义的优秀履历。

一九四七年至一九四八年，在南半球的夏季，我开始打造我"精华版的底比斯城"，彼时我深信北半球的核武器战争无可避免。随后的那些年，我每年至少在我的峡谷中生活三个月，但由于一九六〇年的通货膨胀，运费和智利与阿根廷官员的敲诈开始蚕食我存在瑞士银行的资金。

一九六二年我在皮博迪博物馆遇到埃斯特尔，当时她正在欣赏一盒玻璃制成的花。她说她来自新泽西的特伦顿。我很震惊，不因为她本人也不因为她对玻璃花的喜爱。我发现在她身上完美地结合了聪慧和无与伦比的愚蠢。她的大脑里没有原创的想法，但她又有足够的聪慧将我的建议当成自己的观点。

但如今，我的阴谋并没有按计划进行。我正在阿塔卡马沙漠的一间小屋中写这篇回忆录。我的水所剩无几。我原想要在我的峡谷中永远安居；我却将它留给他人掠夺。我离开了我年轻的伴侣。我留下了我的收藏。我，曾以贝都因式的严苛将藏品中所有的人物形象舍弃……我，曾竭尽所能使自己的视网膜免受二十世纪的视觉污染，现在，我依旧被幻象折磨。红脸的女人邪恶地注视我。潮湿的嘴唇舔舐我全身。诡异的色块令我窒息。我必须远行，以驱散我头脑中聚集的巫魔。[①] 一种特定的颜色无休止地折磨着我：那是我将埃斯特尔·努尔曼推下去前一秒，她防寒服的橘色。

一九七九年

---

① 此句原文为法语，出自兰波散文诗《地狱一季》。

贝都因人

一生的年月要住帐篷，使你们的日子在寄居之地得以延长。

《耶利米书》

他要去维也纳见他在那里做拉比的父亲。他皮肤苍白。蓄着精致的小胡须，双眼满是血丝，一双埋首书卷的学者的眼睛。他拎着一件灰色斜纹呢外套，不知道该挂在哪里。他很拘谨。拘谨到车厢里有他人在场时无法脱掉衣服。

我去了过道。列车正在加速。法兰克福的灯光消逝在夜色中。

五分钟后他躺在上铺，放松下来并迫切想要交谈。他曾在布鲁克林一所犹太法典大学读书。父亲十五年前离开了美国：清晨时父子将再次相聚。

他和父亲都不赞同美国。他们不信奉犹太复国主义情怀。以色列是一个概念，并非国家。另外，耶和华将土地赐予他的子民以便迁徙其上，不是为了定居或扎根。

战前他们一家住在罗马尼亚的锡比乌。战争降临时他们希望自己能幸免，随后，一九四二年，纳粹在他们的房子上做了标记。

父亲剃去胡子并剪掉鬈发。他的异教徒仆人给他拿来一套农民的衣服：黑色马裤和亚麻罩衫。他带上头生子逃进了森林。

纳粹带走了母亲、姐妹和年幼的男孩。他们死在达豪集中营。拉比带着儿子步行穿过喀尔巴阡山的山毛榉森林。牧羊人为他们提供庇护并给他肉食。牧羊人屠宰羊羔的方式并没有冒犯他的戒律。最终，他穿过土耳其边境，想方设法到了美国。

现在父子俩要回到罗马尼亚。最近他们看到一个征兆，指向归家的路。某天深夜，在他维也纳的公寓，拉比不情愿地去应门。门口站着一个拿购物篮的老妪。

她说："我找到你了。"

她嘴唇发青，头发稀疏。他依稀辨认出这是他的异教徒仆人。

"房子安全了。"她说，"原谅我。多年以来我将它假扮成异教徒的房子。你的衣服在那里，还有你的书。我已时日不多。这是钥匙。"

"所有的房子都是异教徒的房子。"拉比说。

一九七八年

第三章

游牧,另一种选择

致马斯库勒的信

亲爱的汤姆：

你让我写信给你谈谈准备要写的关于游牧民族的书。我无法提供一整个游牧民族的历史。这要花费数年时间来完成。无论如何，我希望这本书的基调是整体概括式的而不是关于特定领域。我试图回答的问题是"人类为什么游走四方而不是安居一处"。我已经提议了一个书名：《游牧，另一种选择》。我们显然不会用到它。主题是倾向于并不理性的本能，对于这样的主题来说这个书名太过理性。目前来说，它的优势在于能够说明在社会地位上游牧族的生活并不比城市居住者更低等。我必须尝试着以游牧族看待自己的方式去看待他们，带着嫉妒和不信任去看待文明。我所谓的"文明"是指"生活在城市"，而所谓的"文明人"是指那些隶属于开化的城市生活的人。所有的文明都建立在制度化和理性行为之上。游牧族是未开化的，所有与之关联的词汇传统上都充满了偏见：流离，沦落，不可靠，野蛮，凶残，诸如此类。四处迁徙的游牧族注定具有破坏性的影响力，但他们受到的指责相较于他们造成的物质破坏比例完全失衡。这种指责被错误的虔诚信仰合理化和正当化。游牧民族是被驱逐的；他们是无家可归的人。该隐①"流离飘荡在地上"。

第一章可能会提出问题：为什么流浪？本章可以用希腊神话中伊娥引人入胜的流浪故事作为开场，并以《伊娥的牛虻》为题（如果不是太老套的话）。Nomad这个词源于意为"放牧"的词汇，但后来也适用于最初的猎人。猎人和牧羊人因为经济原因迁徙。并不那么容易理解的是，为什么当定居在经济上的诱惑压倒性胜出时，他们依旧不肯向定居妥协。但开化与流浪之间的互相敌对只是其中一半主题。另一半更接近主旨得多：逃避主义（写这本书的绝佳私人理由）。为什么在同一个地方停留一个月我就开始躁动不安，两个月后变得无法忍受？（我承认，我是一个糟糕的案例。）有些人为工作而旅行。但我没有经济上的远行理由，却有很多理由应该安分守己。所以，我的动机，从物质上来说是非理性的。这神经质的躁动是什么，是折磨过希腊人的牛虻吗？漫游他方或许能安抚我天性中部分好奇心和探险冲动，但接着我就被猛烈的归家的渴望拽回原地。我有想要远行的冲动也有想要归来的冲动——候鸟般的归返本能。真正的游牧民族没有固定的家，他们以永不停歇的迁徙替代了家。如果有不安定因素，一般来自文明社会或半开化的准游牧民的干扰。结果就是骚乱。游牧民族对他们部落的领地产生了夸张的执念。"土地是我们民族的根基。我们要为之而战！"公元前二世纪时有一个游牧部落首领曾这样说。他愉快地转赠了

---

① 《圣经·旧约·创世纪》中，该隐因嫉妒杀害自己的弟弟亚伯，成为第一个弑亲者，上帝对他的惩罚是耕种得不到收获，必须流浪四方。

自己最好的马、所有的财富和最宠爱的妻子，却为了几英里无用的灌木丛而奋战到生命最后一刻。对部落领地的执迷是近东地区悲剧的根源。公海不会引发类似的情绪，领海则靠近陆地。海员们的情感归向搭载他们的母性化的船只和故乡的海港。

查看现今一些对动物和人类行为的研究，能发现两大趋势：

1. 迁徙是自素食灵长目的基因中继承来的人类特性。

2. 尚未确定是否属于生物学范畴，但所有人类都有情感上的，对大本营、洞穴、窝点、部落领地、财物或避风港的需求。这是我们和肉食动物的共同点。

第二章我将写会使用武器的远古杂食猎人。他们的踪迹可以从旧石器时代早期延续至今。他们跟随猎物。他们会回到大本营的家。他们怀着感激接受自然的馈赠（章节名就叫：《掠食者》?），但并不为繁殖猎物做出实际的努力，只是举行仪式，视自己为他们周遭的动物或无生命的物品中的一员。活在此刻，他们和我们的区别在于他们对时间的概念和其重要性有根本上的不同理解，尽管这种差异只是程度问题而并非类别。他们的人生并不是很多人想象的那样，是一场为食物奔忙的漫长艰辛之旅。他们大部分时间都过得悠闲无事，尤其是澳大利亚的原住民，众所周知，他们用土语争论起来其复杂程度没有尽头。尽管在真正猎取食物时他们能够突然之间极度专注，但他们不喜欢将这种专注投入到手工劳作中。他们的领头人会带头，但不会强制。接受礼物的全部意义在于将它赠与他人，把裤子送给一个澳大利亚原住民，这条裤子会快速经十个人转手最终用来装饰一棵树。仇杀是私人事务而非公众事件。如果他们杀害他人，一般是出于宗教仪式上的原因。大规模屠杀是专属于文明社会的现象。希特勒的"新野蛮主义"就是以最残暴的方式展现的文明。

第三章将会讨论文明社会（作为某种需要逃离的存在）。章节标题——《读与写的慰藉》。"将写作放于心间。如此你将使自己免于任何形式的苦力。"——公元前约两千四百年埃及书记员留给儿子的话。白领取得的伟大胜利高于汗流浃背的劳动者。旧世界的文明在河谷中结晶，那里的土壤肥沃，但只有"建起堤坝否则被席卷入海"这一选择。文化传播论已不再流行，但我相信，这样的文明只是偶然，只会在伊拉克南部[①]的特定情况下发生，且只会是个案，这次"偶然"引发的后果在哥伦布以前传播到了安第斯地区。这一观点极具争议。它取决于一个疑问："文明社会是否属于某种自然的存在——诸多不同的文化不可逆转地趋向于这个状态？""那些未能达成的文化是失败——抑或是不同于文明的其他形式？""或者文明社会是场反自然的意外？"如果是这样，那达尔文的进化论与适者生存，在涉及人类文明的领域被误用了。无论哪种情况，书写都和专业化、规范化和官僚体制携手并进，与之相关的是一个阶级分化的社会和经济等级制度，以及被少数派统治阶层压迫的群体。第一块手

---

① 伊拉克所在地是两河文明的发源地，1922年至1934年期间，英国考古学家查尔斯·伦纳德·伍莱在伊拉克南部古城吾珥发现并发掘出公元前3000年的苏美尔王陵墓，为至今发现的最古老的文明：苏美尔文明。

写记事板上记录着奴隶们带来了多少收益。知识的开化让一些人获得自由，去从事更高级的脑力劳动，去发展逻辑思维、数学和建立在科学观察而不是信仰疗愈基础上的实用医学，诸如此类。但在美索不达米亚，地位最高的两个神是安努（秩序）和恩利尔（冲动）。布雷斯特德①书写"大金字塔建筑那无所畏惧的勇气"。然而，两百五十万块石头都是由戴着镣铐的苦力费尽力气缓慢拖往高处。文明社会是皮鞭抽打而成的。我们继承了这重负。

第四章《牧民》（或《放牧人》）。

豢养家畜是促成文明社会形成的技术进步之一，但它总是多少与农耕结合，因此，总是相当程度地定居一地。真正的游牧式畜牧，牧群一直都在迁徙而且不存在农耕，它并不是趋向文明社会的某个阶段。它作为不同于文明社会的另一种形式发展着，尤其是在边境区域还与文明社会短兵相接。骑术为迁徙提供了可能，它是让一些群体放弃农耕永远游牧的颠覆性要素。放牧者和猎人有诸多相似之处——他们相信动物与人之间存在神秘的关联。但从人类文明中，他们学会了国家统一这个概念，并从豢养和宰杀家畜中，学会了压迫与灭绝同类。

这是一个很长的章节，或许最好一分为二。接下来我将追溯伟大游牧文化的源头，塞西亚人、匈奴人、日耳曼人的"移民潮"，希腊多利安人、阿拉伯人、蒙古人，还有突厥人，最后

---

① 美国历史学家、考古学家詹姆斯·亨利·布雷斯特德是芝加哥大学教授，以埃及学研究著称，著有4卷本的《古埃及文献》，出版于1906年。

一批渴望征服世界的（半）游牧民族。

书中会有关于游牧生活的记录：无法忍受的严酷；文盲状态和对家族谱系的痴迷；相对而言很少存在奴役现象，但这并没有阻止游牧民成为最成功的奴隶交易商；除了危急关头需要的极易便携的物品外，摒弃对一切物质的占有；无法赞同人类生活在文明社会的标准，而是顺应死亡做出的自然调节，这在极度发达的文明中已经遗失；在部落中财产和土地公有化。"众生皆为神明座上宾。我们有福共享。"（贝都因酋长如是说）；女性的地位（极为自由自主，尤其在亚洲北部）；手工艺人的神圣，等等。

第五章将继续讲述游牧族的故事，如何面对占据上风的农耕和之后的工业文明。我可能会为其取名：《文明或者死亡！》美国拓荒者的高喊。会记录下针对游牧民族的强硬政策，带着情有可原的憎恨和自以为是的道德优越感。游牧民族和动物同等，也被当动物对待。我会探讨吉普赛人、美国印第安人、拉普兰人和祖鲁人的命运，以及高度文明社会中的游牧民族、流浪汉、无业游民等。我会细数苏丹东部的贝沙族的事迹，他们正是吉卜林笔下的《绒毛头》[①]。自三千多年前在《埃及编年史》中第一次被提及，他们得以抵挡住了所有文明的侵蚀，只不过是因为他们准备好了要忍受最低限度的个人舒适。他们悠闲散漫得匪夷所思，好勇斗狠也是同样。上午绝大多数时间里男人

[①] 《绒毛头》(*Fuzzy-Wuzzies*) 是鲁德亚德·吉卜林诗集《军营歌谣》里的一首诗，"绒毛头"指的是苏丹东部的贝沙族，他们的传统发型极为复杂，武士使用兽皮盾牌和利刃，曾在1882年马赫迪战胜英国远征军的战斗中发挥巨大作用。

们都在互相整理发型（梳妆打扮的强烈冲动?）。也会写到文明社会在精神和肉体上对阿拉伯人造成的令人沮丧的影响。"法律与制度如同疫病在西奈半岛和巴勒斯坦扎下根来。"（《以实玛利的子孙》[①]，G.W. 穆雷著）

第六章将反第五章之道而行，追索文明人对自然生活的渴望，它被认为是游牧民族和其他"原始人"采用的生活方式。这章将名为《天堂的乡愁》，它是一种信仰，认为那些成功抵御了现代文明或不受其影响的人都怀有关于幸福的秘诀，文明人则遗失了它。与其密不可分的是"人的堕落"这一观念、失乐园与乌托邦神话，"高贵的野蛮人"传说以及赫西俄德的尚古主义诗篇。它最极端的表现形式是动物至上主义，认为动物被赋予了高于人类的优越道德品质。"我可以变为动物与它们同栖……"（沃尔特·惠特曼[②]）因此《生来自由》这类书籍也获得了不同程度的欢迎。除此之外，它会强调动物和人类是息息相关的整体，这是远比伊索寓言更为古老的学识理念，至今依旧存在。还有一个观点我们挥之不去，食用动物是不道德的。很有意思的是，我们发现一些亚洲的狩猎部落保留着关于素食乐园的传说，这段关于远古素食岁月的记忆在民间流传。

---

① 《以实玛利的子孙》(*The Sons of Ishmael*)：副标题为"埃及贝都因人研究"，诸多游牧民族汇集于埃及，他们是埃及人、犹太人和阿拉伯人的后代，作者穆雷经过 25 年的观察，记录并研究了这些游牧部落的生活、文化和信仰，该书首次出版于 1935 年。

② 选自惠特曼的诗《自我之歌》(*Song of Myself*)，原句为：I think I could turn and live a while with the animals...

第七章《信仰的补救》。

游牧民族被憎恨——或被崇拜。为何？从未有伟大的超验式信仰诞生于理性时代，这不可能只是纯粹的偶然。在埃及法老、被奉若神明的罗马帝王或教宗的鼎盛时代，文明即是其自身的信仰，宗教与政权联姻。在当时，"不列颠治世"是种宗教，一位十九世纪的怀疑论者将其形容为"在霍奇基斯机枪的枪口下强加于'低等'种族的文明"。伟大的信仰舍弃物质财富和进步的观念，更注重精神价值。它们的意识形态可回溯到早期猎人和牧民的宗教体验，那是一种被称为萨满教的宗教信仰体系。巫师是宗教中神秘莫测、雌雄同体和狂喜忘我这些特质的起源。中国人最接近超验式信仰的宗教——道教——要"比系统化的萨满教略进一步"。犹太基督教、琐罗亚斯德教和印度佛教的传统都延续了它们田园牧歌式的过往（喂我的羊，耶和华是个好牧者，虔诚的羊群，神圣的牛犊）。伊斯兰教是伟大的游牧宗教。即使在中世纪，狂热的二元论宗教团体鲍格米勒派和阿尔比教派也是发源于摩尼教和中亚大草原最西端的萨满教传统，它们为宗教改革奠定了基础。文明社会的宗教领袖让位于萨满教式的宗教英雄、自我牺牲的传教士、禁欲者、浪迹天涯的苦行僧或是神圣的治愈者。要留意到震颤身体达到忘我境界的震颤教徒（狂喜者）和渴望总统职位的摩门教徒（狂热者）之间的差别。游牧者舍弃，他在孤独之中沉思，他摒弃聚众的仪式，对理性的学习过程和断文识字甚少关心。他是信仰之人。

犹太人的大流散显然让每个试图为其定性的尝试徒劳无果。我觉得这值得单独写一章。标题？——《流浪的犹太人》——

一个令人望而生畏的主题。我有两个问题要问：犹太人的"排他主义"是否因为他们失去了部落疆域"应许之地"才得以保持？以及他们的精力是否因此才转向了游牧民族的另一种重要便携物——黄金。

顺带说一下，当我们涉及这一部分的时候，可以随时等待雅利安神话的出现。前阵子它又以新的伪装现身——某位沮丧的女考古学家一厢情愿的想法。北方的游牧族——金发碧眼的蛮族——他们活跃的阳刚气概并没有为虚弱的南方注入活力。亚马孙女战士并不符合我心目中的女性特质。她们在杀死自己的男人之后才立志成为女性。女祭司和酒神女伴也不符合。她们又都是游牧族女性。肯定还有别的理由可以解释此事。

第八章将继续涉及游牧生活中更普通的那些方面，或许会被称为《游牧式的感性》：他们的价值观，音乐的重要性（鼓和吉他是极为重要的游牧乐器），他们对鲜艳色彩和黄金那抚慰人心的光华的渴望。游牧族佩戴最为精致的首饰。一个贝都因女人会将她的全部财富都围在她的颈项上。游牧民族的狂喜之路：土耳其浴、桑拿浴、印度大麻和蘑菇。游牧族的艺术是直觉式和非理性的，而并非分析型和静态的。我可以通过一些插画来阐述我的观点。随着我继续深入，这一章显然会得以扩展。

第九章将名为《游牧的选择》，质疑文明制度的整个根基，它对现在与未来的关注不输过去。促使流浪的诱因主要有两个：经济性和神经性。比如，跨国定居者就是神经病患，他们在家已经获得了温饱满足，于是他们游荡：从一个避税天堂到另一个避税天堂，偶尔也会掠夺自己财富的根源——他们的故土大本营。听美国侨民哀叹他将去匹兹堡见他的信托人是多么寻常的事。同样的事情也发生在三世纪的罗马帝国。富人们背弃了自己的财富责任，城市变得难以忍受，并且任由资产投机者的摆布。财富与其根源剥离。一个强大的政权接管国家并在压力下分崩离析。富人将财富穿戴在身，政府就通过无休止的律法禁止衣着的奢华。这就好比今日的钻饰与金盒，以及可随身携带的财物所附带的光环。迁居的富人是无法被征税的：没有固定地址的优势显而易见。于是征税员那不可预测的要求就被摆在了最付不起税金的人面前。流浪从神经性过渡到经济性。

真正的游牧民族平静坦然地注视着文明的消逝。将文明与野蛮独特地结合在一起的中国也是如此。有一篇很好的埃及文字刻画了极度文明化的社会在其志得意满的岁月中那自认高人一等的姿态："悲惨的亚洲人……他不安居一处，而是徒步流浪……他不征服，也不被征服。他或许可以掠夺一处单独的居所但他永无可能征服人口稠密的城市。"文明社会摧毁了自己，从未有一个游牧民族（据我所知）自毁，尽管它们从未远离杀戮，并可能推翻一个正崩塌的社会结构。是文明制度独自掌握着自己的命运，我不相信任何关于衰落、减退和重生的周期理论。

现在谈谈眼下。我们或许都有足够的食物，但我们肯定没有足够的空间。马歇尔·麦克卢汉要我们接受一个现实，教化，文明社会的成败关键，已经过时。电子技术正绕过"学习的合理步骤"，工作和专家已是明日黄花。他说："世界已经变成一个地球村。"或许，它是个移动的营地？"而专家固守原地。"他还说，文学会消失，社会壁垒正在消解。每个人都有自由从事更高级的脑力（或者精神层面？）的思考。有一样事情是肯定的——父权，文明制度（并非母系社会）的堡垒已即刻过时。麦克卢汉关于新媒体影响力的大部分分析是正确的。他似乎并不欣赏它们可能会带来的长远影响。它们很可能会令人感觉很不舒适。那个关于自由而不分阶级的社会的旧梦或许真能够实现。但我们的人口太多了，必须急剧减少才行。全世界很多人口正以从未有过的规模流动，游客，商人，四处奔波的劳工，辍学的人，政治活动家，等等；如同最初骑上马背的游牧民族一样，我们再次拥有了无拘无束移动的办法。任何拥有一处房产的人都知道，四处游走往往比定居一处便宜。但这个新的国际化进程引发了新的狭隘主义。宗教分裂猖獗。少数群体感到被威胁。小型独立团体分裂。那五十英镑的旅行津贴并不只是经济上的补偿。

这两大趋势不正代表了我先前提及的两大人类性格特征？
此致，

布鲁斯·查特文

游牧，另一种选择

犬儒主义者第欧尼根说，人们最初是为躲避外族而拥入城市。困在自己的高墙内，仿佛聚集一处的唯一目的就是为了向彼此施暴。第欧尼根对于城市生活的贬损之词是"文化复古主义"或"文明人对文明不满"的早期范例。这是一种感性而并非理性的冲动，总是导致人们放弃文明社会而寻求更简单的生活，一种与"自然"和谐相处的生活，不受财物所累，摆脱了技术的束缚，无罪孽感，性自由，无政府，有时素食。

但文明甚少缺乏拥趸。如普罗塔哥拉所言："全人类都有公民的美德。"——"现代的民主宣言时常与一个信念挂钩，相信民主是对人类本初良善的回归。""文明"这个词被赋予了道德和伦理的色彩，是我们代代遗传积累下的尊严。尽管它不过是意味着"居住在城市"，但我们将其与野蛮、暴虐甚至兽行做对比。就这样，公元前四千年末期，城市骤然在美索不达米亚南部的冲积平原上出现。这种转变依赖灌溉系统、细耕农业、制陶和冶金这类专业技术，并受有文化的官僚、司法机构和祭司监督。文明制度要求社会和经济分出阶级。遗憾的是，没有迹象表明文明的凝聚力可以脱离阶级存在。旧世界的文明向外辐射，排除所有无法遵守文明行为准则的人。也曾有倒退。美索不达米亚的编年史撰写者痛心哀叹过"不识稻谷的亚摩利人"

犯下的暴行，或是"军队攻城掠寨如风暴，这群人从未知晓城市是何物"。但当文明逐渐巩固，在北方，增益开始递减。他们的自然边境变得明确。边境之外，"蛮族"要靠自己的手段谋生。正如一些汉族官员所说："所有的土地都是沼泽与盐碱水，不适合居住。最好停用兵戈。"但是被鄙视的关外人不会像关内人一样带着自满之意去看待疆界，他们也无法在不适宜的土地上模仿城市文明的模式。自蒙古到匈牙利以及更远的草原上，他们放弃农耕，选择了游牧这种不同的方式。

游牧民族不会像字典里写的那样"漫无目的地从一个地方到另一个地方"。游牧这个词源自拉丁语和希腊语，意为"放牧"。牧民部落遵循最保守的迁徙模式，只在发生干旱或天灾时才改变路线。动物为他们提供食物，农耕、贸易或者劫掠则是额外的收益。"游牧民族"是一个大宗族，长者对整个部落负责，向每个人分配草场。司马迁说匈奴在每年的第一个月聚集起来分配权益，到秋天牲畜膘肥体壮时再次聚集。制作干草并不纳入日程：这会影响迁徙和放牧。春夏时节是游牧部落迁移的时间。"昼长夜短，"一个中国人这样描述十三世纪时的里海平原，"只比烹制羊排的时间略久，太阳就再次升空"。

游牧民族选择能充分利用各种牧场的牲畜。马和牛不能在已经养过绵羊和山羊的土地上放牧，牧者必须更换地方以保证牲畜不会挨饿。大型的牛车在公元前第三个千年就已出现在草原上，是斯基泰马车的前身，"最小的有四个轮子，最大的有六个，都覆盖着毛毡"。但骑术，这项几千年后采用的技术，极大扩展了游牧民族的活动范围，使他们可以完全舍弃无利可图的农耕。所有已知的马种都可以杂交。被驯化的主要有两个不同品种：矮小的泰班野马和普氏野马，另一种是"冷血"的欧洲森林马。当骑马的图案首次出现在多瑙河附近的墓穴中，它们看起来与普氏野马很相似，这种马生活在与蒙古接壤的荒野中。中亚培育了最优良的马匹，费加那以蓝苜蓿为食的"天马"，或者阿兰人"霜雪色"的战马。哈德良皇帝有一匹飞马，他将其命名为恺撒。草原变得像一块广阔无边的操场，骑兵中队在上面来回冲锋。

游牧民族相比农民有战术上的优势。他们可以下马在灌溉过的土地上放牧。长城建起来之后，匈奴不再犯险饮马南方。但如果无人防御，他们就勒索贡品，否则发出威胁："秋天来时我们会骑上我们的马踏平你们的庄稼。"生活在莱茵河与多瑙河流域的罗马人也面对着同样的难题。游牧民族和公民属于不相容的阵营，他们彼此都知道这一点。

但牧民很贫穷。他们并不总能抵挡贸易或者掠夺的诱惑，这会带来文明社会的奢华物质。五月时草原上春花灿烂。其余季节里这片荒芜的土地要么干旱又尘土飞扬，要么被霜冻与积雪冰封。游牧民族渴望色彩。他们历来都被黄金那抚慰人心的光芒所吸引。"匈奴人对黄金那贪得无厌的渴求正熊熊燃烧"，阿米亚努斯·玛尔塞利努斯曾这样写道。他还谈及他们"奇丑无比的穿着"，圣希多尼乌斯·阿波黎纳里斯被年轻的法兰克王子希吉斯梅那花哨艳俗的装束震撼了："火红的斗篷点缀着很多耀眼的纯金……腿上绑着毛绒绒的兽皮……绿色的披风镶着猩红色的边。"

奢华阻碍了迁徙。游牧族的首领知道过度沉迷于享受将威胁到他们的体制。文明人的生活方式非常狡诈。阿提拉用木头杯子喝水，成吉思汗直到生命最后一刻都住在蒙古包里。和很多殖民者一样，希腊人将酒带往他们殖民的土地。希罗多德讲述了斯基泰国王斯基勒斯的悲惨故事。发现了酒神的喜悦之后，神明让他变得疯癫。然而，斯基泰人对这种新事物毫不姑息并要求遵守社会秩序。他们将国王斩首。他们还射杀了阿纳卡西斯，神圣的斯基泰疗愈师或者说萨满，他曾带着一面小鼓游历希腊，带着自己的画像四处闲逛。在库齐库斯，他信奉伟大的母神库柏勒，希腊人则仰慕他的灵性。"而现在，"希罗多德说道，"斯基泰人已对他一无所知。这是因为他背弃故土去跟随异乡人的习俗。"

尽管对于都市游民来说，一个"人人生而高贵"并且较少奴役（因为这会带来很多麻烦）的社会是具有显著吸引力的。在无望的时代，"游牧的选择"依旧太具诱惑力让人无法拒绝。汉朝一位叫尹山的谋臣曾对未来可能废弃长城的提议表示震惊："中国的边防岗哨在防止中国叛徒逃往鞑靼人的领地这件事上的作用，和阻止鞑靼人入侵中国一样不可缺少。"太监中行说，投靠匈奴的汉奸，谴责城市生活的复杂、无用的丝绸、精致的食物、豪华的房屋和繁重的社会职责。他将其与毛毡和皮革制成的衣物、志同道合的情谊、奶酪与纯肉食的简单做了对比。一个曾娶了富豪女子的希腊人也有相似经历，他逃去与匈人为伍。他眼含热泪承认罗马宪法是世界上最好的律法，但又表示统治者的自满、将军的专横、法律事务上收费的不平等以及税务不可预计的重负，已经毁掉了它。游牧民族很少毁灭一个文明。他们只在它分崩离析时乘虚而入。在这种情况下，他们受到叛变者和自由游民的支持，这些人是草原政权中的破坏因子。

草原骑兵和文明国家的战术策略毫无共通之处。一旦草原上的小马驹进入农田，它们的短腿就会深陷其中。另一边，只有在国家昌盛、君主英明的情况下，一个强大的国家才能承担起组织骑兵远征草原上那些天生骑手需要的费用。"离家千里去出征的军队毫无收益可言。"太史令哀叹。更糟糕的是，游牧部落会逃跑。凯尔特人嘲笑自己的敌人然后冲向战场。斯基泰人或匈人从不做这样的傻事。"他们并不认为逃跑是可耻的事。他们唯一关心的是个人利益。他们对礼节或义气一无所知。"假设，同样的事发生在我们的时代，敌人就有义务现身。

希罗多德著作的第四卷有些章节读起来像游击战作战手册。"他们（斯基泰人）想出了策略，任何攻击他们的人都无法逃脱，如果他们不愿意，就没有人能发现他们。因为当人们没有固定的城市或堡垒，而是全部精于骑射，不以耕种土地为生，而是畜养牲畜并将房舍建在马车上，他们怎么可能不战无不胜又无迹可循。"大流士在公元前五一六年率领正规军入侵斯基泰。他绕着俄罗斯追击，最北可能追至伏尔加河边的喀山地区，斯基泰人总是先他一步撤退。怒火中烧的他给斯基泰国王送了封信："你为什么总是逃跑？你为什么不站定迎战或干脆投降？"回复是："我从没有因为害怕谁而逃跑过，现在我也不是在躲闪你。如果你真的想打仗，找到我们先祖的墓穴，然后你就知道我们是不是想打仗。至于你夸口说什么你是我的主人，哭你的鼻子去吧。"大流士的撤退堪比拿破仑，他只是侥幸脱身。这与毛泽东的游击战术相似。草原上的游牧民在夏天迁徙。生活在针叶林和苔原地区的北部部落则留在原地。沼泽和泛滥的河流阻碍了所有的活动，或许只有躲避让短暂的北极圈夏日如此不适的蚊群才是最迫切的任务。他们等待野鸟、天鹅、野鸭、大雁的大规模迁徙，在它们换毛时用棍棒打死。在一些河流中，源源不断的三文鱼和鲟鱼为他们提供了靠近居住地的食物。冬天才是移居的季节，河流和苔原结冰，而且自北极石器时代起，这些人就懂得利用狗和鹿拉雪橇，也会滑雪。托勒密（Ptolemy）的意思是"滑雪的芬兰人"。冬天也是设置陷阱的季节，诱捕紫貂、貂鼠、水貂、旅鼠、白鼬，还有北极狐。皮草曾经是，并依然是西伯利亚部落的主要产品。尼伯龙根的英雄们对他们的貂皮着迷；忽必烈可汗有一顶用白鼬皮和紫貂皮缝成的帐篷，哥萨克族殖民者鲍里斯·戈都诺夫一见到吉尔吉斯人就大喊："交出貂皮否则受死吧！"

因为迷恋人类的尿液，驯鹿被吸引到人类的居住地。它们很容易被驯养，可以骑乘也可以拉车。它们提供肉、奶和皮革。麋鹿也可以骑，曾有说法认为骑乘驯鹿与麋鹿要早于骑马。芬兰民族史诗《英雄的国土》中，很难选择英雄维那莫依宁是从他"蓝色的麋鹿"还是"褐色的骏马"上摔落。这似乎在巴泽雷克的墓葬中也有所体现，最优良的中亚纯种马戴着驯鹿的面具。蒙古人本身就是从森林部落闯入了骑马的草原。

从史前直至公元十九世纪，北亚猎人的生活实际上没有发生变化。他们留存下来的物品被发现时，证实了他们顽固的保守主义。金属加工很晚才传到北方，尽管木头、皮革和兽骨在沼泽气候下保存完好，它们的保存状况并不如文明社会遗址中的同类物品。因此，对欧亚北部动物造型艺术的评价会过分强调来自南方的影响。当然是有影响，很多独立的图案都可以追溯到它南部的起源。但自旧石器时代晚期开始，北方就有了它们自己的动物造型艺术，并保留了独特的风格。这些北极圈石器时代的发现包括来自乌拉尔戈布诺夫苔原的木制鸟与动物，来自瑞典和芬兰的板岩权杖，来自西伯利亚叶尼塞河中游那些墓穴的骨雕，以及中西伯利亚直至挪威的动物岩刻。芬兰南部发现的三把长柄勺是用一种松木（瑞士五针松）雕的，它生长在一千英里外的乌拉尔山。这些雪橇肯定有过远行。

对希腊人来说，北亚和中亚是黑暗之地，一个可怕怪兽出没的地方。他们主要的信息来源是一本史诗，由普罗克奈苏斯的阿里斯特亚斯写的《阿里斯玛斯佩阿》，现已失传。这位旅行者似乎在公元前七世纪时到达了斯基泰甚至更远的地方，时间远在希腊人位于黑海北岸的第一个定居点出现之前。有人说他的旅行是精神之旅，就像萨满的灵魂出窍之旅，但他的地形资料太过事无巨细。他知道滥交的阿伽杜尔索伊人"惯于穿戴大量的黄金"，"风之洞穴"——很可能是蒙古西部的准噶尔山口，还有可以确认为阿尔泰的里派山脉。"里派山，丛林之花，暗夜的酥胸"，斯巴达的诗人阿尔克曼曾这样写道。在那附近，尖嘴的狮身鹰首兽守护着独眼国的珍贵黄金，"骑手们住在流淌着黄金的冥河旁"。

埃斯库罗斯将福耳库斯的家安排在附近，"外形如天鹅的老姑婆们共同拥有一只眼睛和一颗牙齿"，还有"留着蛇发"长着翅膀的戈耳工三姐妹。很早之前，赫西俄德就已知道了犬人，希罗多德则知道尼乌利人的存在："每年都会有几天变为狼的人"。公元前三世纪的西米亚斯讲述了一个岛屿，"长着墨绿色的杉树，满是高高的芦苇……还有一个可怕的人种，半犬人的脖子以上是恶犬的头，长着有力的下颚。他们像狗一样吠叫但是听得懂人的语言"。有一个羽毛之国，那里的人没有头，脸长在肩膀上，长着公牛腿、山羊腿、蜘蛛腿、伞形腿。还有，在喜马拉雅地区，"长毛人脚步迅疾，脚背朝后长"。恐怖的雪人是一种轻易打不死的畸形大怪兽。

亚洲的怪物很难解释清楚。有人认为它们是虚构的无稽之谈，和"没有脚趾头的波波娃"一样不值一提。另一些人用纯粹的民族志术语来解构它们。蛛腿人其实穿着雪鞋，没有头的矮胖子则穿着带帽防寒服，诸如此类。但它们经久不衰。头脑清醒的中国编年史撰写者和十三世纪时前往中亚旅行欧洲旅行者都曾记录下它们的存在。犬戎是中国人真实交战过的游牧民族。"那些人的外表像狗一样。"还有夔[1]，"他们长着人的脸却是独眼"。还有"周身覆盖毛发，胸部垂坠的野人"，"这些怪物存在于东北至西北偏远之地"。公元前一世纪末之前，《山海经》的作者写道，"无膑人……长腿人……一目民——这些人只在额头正中间长着一只眼睛"，还有 Jou-Li，一臂人，"其人一臂、一脚"[2]。其他书籍还有"跂踵国"和"无肠国"的记载。《竹书纪年》记载周穆

---

[1] 原文为 kuei，读音与夔相近，但《山海经》中夔为独脚的牛身神兽，皮可制战鼓。
[2] 《山海经》中独手独脚的怪物名为𩹨，读作 chī，人面兽身，发出的声音像人的呻吟。《异域志》则记载：在西海之北。其人一目、一孔、一手、一足。

王曾将流沙（戈壁）向西推移，还记载了"用羽毛堆成的国家"。大约两千年之后，纳博讷的伊沃主教在入侵匈牙利途中写了一封惊慌失措的信，说蒙古人拔都身边跟着长狗头的战士。

文明人赋予游牧民族动物的特征。阿米阿努斯·马塞利努斯曾谈及匈人野兽般的狡猾："可以当他们是两脚的野兽，或粗糙的树桩凿刻出的形象。"在他的《哥特史》中，约尔达内斯写道："他们有个肿块似的头，不像脑袋，上面长着针孔而不是眼睛……尽管他们像人一样生活却有着野兽的凶残。"汉朝的太史令说匈奴的"胸膛里跳动着野兽的心脏……自远古时期开始他们就从未被当作人类的一员"。在公元前一年，匈奴的首领到中国都城进行国事访问。主人将他安置在动物园里。在中亚民间传说里，超能力者可以任意变成鸟或动物的形状。亚拉·曼涅克夫人"穿上她金色的天鹅装"；杰尔巴冈的妻子是一个"铅眼铜鼻的女巫"，有"天鹅状的少女住在暗处，长着铅灰色眼睛，亚麻色头发，黄色指甲，性情凶残"，还有皇家的密使们可以变成猎犬或鹰。一些萨满的服饰上挂着代表蛇的彩带。在雅库特人和其他一些部落的传统中，蛇有和头发同样重要的神奇宗教意义。希罗多德曾描述过一场蛇灾将狼族部落尼乌利人驱逐出了他们的土地。"他们或许是巫师。"他说。其他服饰挂着象征小"眼睛"的镜子和人类器官的小图形。这些猎奇的传说或许催生了令希腊人困惑的怪兽：蛇发的戈耳工女妖、天鹅外形的福耳库斯家姐妹、狮鹫以及犬人。

萨满教是猎人和牧民特有的宗教意识形态。它似乎起源于北亚，却散布到南北美洲、大洋洲、印度尼西亚和澳大利亚。有关萨满教习俗的历史记录远至中国、铁器时期的爱尔兰、异教的斯堪的纳维亚半岛、斯基泰人和色雷斯人部落、黑海贸易路线开放后的古希腊，甚至十九世纪的西伯利亚。它的基本特征是一个被苍穹确认的"天人"，指引天堂与尘世的交流，还有一个阴间，经由宇宙之轴与那些坐标相连。

正如 E.R. 多兹教授描述的那样，巫师是"一个精神不稳定的人，受到了宗教生涯的召唤。因为这个召唤，他要经受严格的训练，通常包括独处和禁食，还可能涉及性别上的心理改变。通过这种宗教式的'隐修'他与神力合二为一，真实或者假装，他可以任意进入灵肉分离的境界"。每次元神出窍都是在重复他象征性的死亡，他通过禁食，然后跟随大鼓单调的节奏起舞达到这个状态。他经常求助于药物、大麻和萨满蘑菇——飞伞菌，它可能就是《吠陀经》里记载的苏摩（Soma）。奥斯加克和乌戈尔萨满吃下这种蘑菇然后飞升上天，"在那里他们居于太阳光线之中就像昆虫栖于人的头发"。希罗多德描述过斯基泰人在看似某种有大麻加持的桑拿浴中"因愉悦而嚎叫"。斯特拉波谈到萨满或先知"行走于烟雾中"，阿里斯托芬的戏剧《云》的第一部分似乎不过就是萨满降神会上的一次灵魂飞升。

萨满的身体"死亡"时，他的灵魂乘着狂喜的双翼飞向天国或冥界。多兹说："经由他以即兴吟唱的方式讲述的这些经历，他获得了预言占卜、撰写宗教诗歌和神奇医术方面的技能，这使他成为重要的社会角色。他拥有了渊博的超自然智慧。"被畏惧，雌雄同体，弃绝了部落的"正常生活"，他一直是部落创造力的中心,它的文化英雄。

伊索寓言所讲述的"黄金时代"中,"其他动物说话清晰,懂得字词的用法。它们在森林里开会。石头说话,松树的松针则⋯⋯"在他的迷幻状态中,萨满舍弃了他人类的形态,重新回到这"天堂般的时代"。他自认拥有"守护神",通常是动物或鸟类,他学会模仿它们的语言。服饰完成了这次变身。通古斯人有鸭子和驯鹿的服装,鸭子用以飞升天堂,驯鹿用以降落冥界。通过穿上服装,他变成了那种动物或鸟类。"我变身为黑颈潜鸟的圣体,在庆祝我的节日时从一棵树飞往另一棵。"在《伊林格传奇》中,奥丁的身体"像死去般躺着,然后他变成一只鸟、一头野兽、一条鱼或一条龙,瞬间就能到达偏远之地"。这是否就是动物交媾——这一"动物装饰风格"中反复出现的主题背后的理念?

萨满变身为另一个自我。他还是所有部落活动的焦点,部落将以他的守护神为图腾。铁列乌特人相信老鹰是他们的保护者,他们的语言中,鹰与萨满是同一个词。匈人王阿提拉身边巫师簇拥,鹰的图像雕刻在他的盾牌上。从一而终的土耳其人有过狼头金币。司马迁记载"穆王伐犬戎,得四白狼四白鹿以归"。成吉思汗的祖先是天降的狼,它的妻子是一只白鹿。匈牙利编年史这样讲述他们种族的起源:两个猎人穿过麦奥提克沼泽追赶一只白鹿(他们征服的土地以鹿为图腾)时,鹿变为一个美丽的女人,这其中的性暗示非常明显。动物图腾代表部落的信念,因此就有了贬损或征服其他部落图腾的冲动,这也可能是动物装饰风格中"动物搏斗"主题的某种诠释。

精神紊乱在北亚很常见。有时这归咎于恶劣的气候。萨满的候选人"病态而敏感",让萨满教带来的治愈力不言而喻。严苛的萨满习练中特意"打乱所有感官"①的课程能稳定会在别的情况下崩溃的精神状态。一次次的精神错乱和梦幻世界中的短暂漫游取代了清醒时刻。现代报告中关于恍惚状态下出现的幻觉包括空间和形状感的错乱,清晰的形状分裂成螺旋形、涡卷形、涡旋形、地毯印花、网状结构和格子图案。色彩鲜艳得言语无法形容,有分为两半的脸,围绕中心轴分裂成两半的脸,X光透视图像,以及"残缺的四肢、被肢解的身体、分离的头颅和错乱连接的身体部位"。

所有的艺术作品,甚至工业流水线上的人工制品,都折射出制作者的追求,是过去的见证者。城市文明的艺术倾向于静止、坚固、对称。它囿于对人体结构的复制以及适用于重要建筑物的精确技艺。或多或少,游牧民族的艺术倾向于可携带、不对称、不协调、不安静、不具象以及直观易懂。以自然主义风格再现动物,它们往往都处于剧烈运动状态,并有难以掩饰的装饰主义倾向。北方人极少在人类的活动上费心,只是偶尔会戴上面具。色彩是暴力的,大胆的剪影轮廓、镂空螺旋技术、格子和几何花纹拒绝厚重和庞大。动物的两侧被同时描绘,它们的头颅毗连,形成正面朝前的面具。所谓的 X 光透视风格很常见,以示意图的方式展示了动物的骨骼。以点代面②的传统手法也是如此,尤其会用动物的四肢,混合各个部位来组成一系

---

① 原文为法语,出自兰波 1871 年 5 月 15 日致友人保尔·德莫尼的"通灵人书信"。
② 拉丁语(Pars pro toto),以部分代表整体。

列神奇的怪兽。迷幻体验和游牧艺术之间的相似不能仅用纯粹的巧合来解释。

在西伯利亚和其他地方，萨满，作为具有创造力的人，与手工艺者，尤其是金属工匠之间存在密切的关联。雅库特谚语说："铁匠和萨满本是同根生。"在游牧社会中，金属工匠不是文明社会的底层手艺人；对于蒙古人来说，他既是英雄又是自由的骑士。萨满教一直与熟练使用火有关。冶金的秘密在一个与魔术和魔法相关的封闭社群内流传。爱尔兰有"艺术之人"，希腊有赫菲斯托斯[①]的传统，《卡勒瓦拉》史诗中有工匠巫师，德国和日本有秘密冶金协会。

萨满以迷乱的方式理解现实世界，验证了自己部落的艺术传统中蕴含的"精神"本质。随着时间流逝，复制品脱离了原型，变得懈怠而重复。但因为萨满们能够不断更新信仰中的精神内涵，所以动物装饰主义能在整个中世纪以及之后重新获得生机和力量。

一九七〇年

[①] 赫菲斯托斯（Hephaestus），古希腊神话中的火神，也是精于砌石、雕刻的工匠之神，以及技艺高超的铁匠之神。

这走啊走的世界

在他低落的时刻，帕斯卡尔曾说所有人的不快乐源自同一个原因：他无法安静地待在房间里。"我们的天性，"他写道，"在于运动……唯有娱乐能缓解我们的痛苦。"娱乐、消遣、幻想。时尚、美食、爱情和风景的变化。我们需要它们，如同我们需要呼吸空气。缺少变化，我们的大脑和身体都会腐朽。一个坐在封闭房间里的人可能会发疯，深受幻觉和自省之苦。

几个美国脑科专家对旅行者进行了脑电波造影分析。他们发现景色的改变和留意季节变化能刺激大脑的韵律，有助于带来幸福感并设立积极的人生目标。单调的环境和一成不变的沉闷活动交织成一种模式，滋生厌倦、焦虑、错乱、冷漠、自我厌弃和暴力反应。因此，并不意外，被中央暖气妥善隔绝了寒冷，被中央空调阻挡了炎热，搭乘无菌的交通工具从毫无差别的房子或者酒店前往另一座房子或者酒店的这一代人，会在精神或者身体上感受到对旅行的渴求，为着兴奋药丸或者镇定剂，或为着性、音乐和舞蹈的宣泄之旅。我们在封闭的房间里耗费了太多时间。

我偏爱蒙田四海为家的怀疑论调。他视旅行为一项"有利可图的活动，观察崭新和未知的事物会不断刺激大脑……没有什么观点会震惊我，没有任何信仰冒犯我，无论它们多么有违我自己的观点和信仰……野蛮人炙烤并食用死去同伴的尸体，这并不比那些欺凌生者的人更令我愤慨"。风俗习惯,他说,固化了心态,迟钝了感官,遮掩了事物的本质。人类天生是好奇的。

"不旅行的人不知道人的价值。"不知疲倦的阿拉伯漫游者伊本·白图泰说,为此,他从丹吉尔徒步走到中国然后折返。但旅行并不只是开阔心智。它塑造心智。我们最初的探险是我们智慧的原料,在我写下这些的今天,我看到 NSPCC[①] 表示,被困在高层公寓里的孩童正面对智力发育迟缓的危险。之前为什么没有人考虑到这一点?

孩子需要有小径去探索,确认自己在这个他们生活的地球上处于什么方位,就像领航员在熟悉的地标上标注位置。当我们回想孩提时代的记忆,我们最初记得的是那些小路,事物和人跟随其后——通往花园的路,通往学校的路,房屋四周的路,羊齿蕨或茂盛草丛间的小径。追踪动物的活动路径是早期人类的教育中最初也最关键的要素。

普鲁斯特那些想象的原材料来自两条围绕小镇伊利耶的散步小道,他在小镇和家人度假。这些步道后来将通往《追忆似水年华》中的"梅塞格利丝那边"和"盖尔芒特家那边"。通往他叔叔家花园的山楂树小径是成为他失去童贞的象征。"是在这条小路上,"他写道,"我第一次留意到苹果树投射在洒满阳光的地面上那些圆形暗影。"在他人生的末期,大量服用咖啡碱和佛罗拉之后,他拖着病体走出自己门窗紧闭的房间,搭乘出租车进行了极为难得的短途旅行,去看开花的苹果树。车窗玻璃

---

① 英国防止虐待儿童协会(National Society for the Prevention of Cruelty to Children)的缩写。

关得严严实实，因为它们的香气会令他的情绪无法承受。进化想让我们成为旅行者。无论时间跨度多久，无论是住在洞穴还是城堡，定居都只是人类历史进程中零星的存在。长期定居的直线时间轴大约为一万年，进化史这片汪洋中的沧海一粟。我们自出生就是旅行者。我们对技术进步的疯狂迷恋是我们在应对地理探索上遇到的障碍时作出的反应。

生活在地球上被遗忘的角落里的少数"原始人"比我们更懂得我们的天性中那些简单的特质。他们永远都在迁徙。喀拉哈里丛林猎人们金棕色皮肤的婴儿从不哭泣，他们属于世界上最惬意的婴儿。他们也成长为最温和的人。他们对自己的境遇满意，认为很理想，觉得任何谈论"人类天性中与生俱来的猎杀本能"的人只是在展示他肆无忌惮的愚昧。

为何他们成长得如此正直？因为他们从未被痛苦的童年折磨。母亲们从不长时间静坐，她们的孩子在三岁以前从不会被单独留下。他们躺在皮革吊兜紧贴母亲的胸口，轻柔摇摆的步伐晃得他们心满意足。当一个母亲摇晃她的婴儿，下意识地，她在模仿自己走过荒草丛生的草原时那轻缓的步伐，保护她的孩子免受毒蛇、蝎子和灌木丛中可怖事物的伤害。若我们自出生起就需要活动，之后我们又如何能定居一处？

旅行必须要大胆冒险。"远行是最伟大的爱恋。"罗伯特·路易斯·史蒂文森在《携驴旅行记》中写道，"更贴近地去感受人生的渴求和牵挂，走下文明的羽绒床铺，去感受脚下这颗撒满细碎燧石的花岗岩星球。"挫折颠簸至关重要。它们让肾上腺素涌动全身。

人人都有肾上腺素。我们无法将它从身体中排除，也不能祈祷它会蒸发干净。无需应对危险的情况下，如果我们独自留在一个房间里，我们就凭空制造出虚拟敌人、精神疾病、税务官，以及最糟糕的，另一个自我。肾上腺素是我们的旅费。我们最好是用无害的方式将它用光。在这方面，航空旅行正日渐兴起，但我们是陆地动物。人类行走和游泳，远早于骑马或飞行。我们的人类的潜力在陆地或海上能得到最好的发挥。可怜的伊卡洛斯坠落了。

步行是最佳选择。我们应该追随中国诗人李白在《行路难》中的脚步："行路难，多歧路。"因为人生是一场穿越荒野的旅程。这个概念，普适到近乎陈词滥调的程度，从生物学角度来说，如果它不是正确的，就不可能存活下来。我们所有的革命英雄都要步行走过漫长的路途才能成就自我。切·格瓦拉谈到古巴革命中的"荒野跋涉阶段"。看看长征为毛泽东带来了怎样的改变，还有走出埃及之于摩西。

正如罗伯特·伯顿（《忧郁的解剖》一书的作者）理解的那样，运动是治疗忧郁的良方。"宇宙本身不停运转，太阳升起落下，恒星和行星保持着恒定的运动，空气依旧被风吹动，潮水退去又涌来……这都在教导我们要永远处于动态之中。"所有的鸟和动物都有生物钟，规律地跟随星体的变化运转。它们发挥着计时和导航的作用。大雁跟随星群的指引迁徙，一些行为学科学家最后终于醒悟过来，人是季节性动物。我曾遇到过一个流浪汉，他为这无法抑制的流浪的冲动给出了最好的诠释："就如同潮汐正拽着你沿公路前行。我就像一只北极燕鸥。你知道吗？那是种美丽的白鸟，它从北极飞往南极，然后折返。"

"革命"（revolution）一词对迫害伽利略的人来说极为冒犯，原本它只是用来标示天体的运行轨迹。当人们在地理位置上的活动被干预，他们就将自己和政治活动联系在一起。当一个革命的劫机者说："我全身心投入了革命。"他是认真的。因为革命是自由之神，我们时代的狄俄尼索斯。它是治疗抑郁的良药。革命是通往自由的道路，即便最终的结局是更严重的奴役。

每年春天，亚洲的游牧部落摆脱冬季的惰性，像燕子规律地南飞般回到他们的夏季牧场。女人们穿上清新的印花棉布裙，正所谓"将春天穿戴在身"。他们随着晃动的马鞍摇摆，他们踏着不停歇的驼铃声的节奏前行。他们从不左右顾盼。他们的双眼紧盯着前往的路——一直延伸到地平线另一端。春季的迁徙是一种仪式。它满足他们所有的精神需求，众所周知游牧民族没有宗教信仰。他们向着群山而去的旅行就是他们通往救赎的路。

那些伟大的宗教导师，旁遮普的佛陀、耶稣和近东的穆罕默德，都来自迁徙模式被定居扰乱的人们中间。伊斯兰教并不是发端于沙漠中的部落成员间，而是在大篷车聚集的城市，在金融发达的世界。但穆罕默德说："没有人，能在成为牧羊人之前就成为先知。"麦加朝圣节、使徒生涯、前往宗教中心的朝圣之旅，都是缺乏迁徙的补偿机制，并造就了施洗者圣约翰的极端模仿者："在荒漠中和野兽一起游荡仿佛他们自己也是动物。"

从那时起，定居者回到世外桃源中过起田园诗般的生活，或是出于国家利益寻求探险的旅程，将他们在故土无法忍受的定居生活强加在别人身上。漫游者的队伍从这里排到加德满都，抱怨的人不应该忘记中世纪欧洲的学生们难愈的躁动。巴黎大学侥幸逃过了关闭的命运,熬过了一个学年。"学生们随身携带武器。"一位校长抱怨。"当我夏天时从学校回到家,"一个学生说,"我的父亲几乎认不出我来。因为在烈日下游荡,我变得非常黑。"

条条大路通罗马,圣伯尔纳铎[①]抱怨法国和意大利的所有小镇都少不了几个英国妓女的配额,她们是一项伟大传统的先行者。初学修士们裸身在公共场合走动,睡在烤炉里,唱题为《圣瓶的神谕》的歌利亚诗篇,终于激怒了教会,遂颁布新指令:"坐在自己的小房间内,得到指令才可以在走廊走动。"没有用。

苏菲派自称"路上的旅行者",并使用游牧民族形容迁徙路线的词汇。他们还穿着游牧民族的羊毛衣物。苏菲教徒的理想是像乞丐般行走,或者一直跳舞直到自己进入恒久的狂喜状态,"成为一个行走的死者","一个死在命数前头的人"。"苦行,"有经文写道,"是一种境界,某些存在正由此经过,它并不是旅行者追随自由意愿的一种方式。"这种感知很接近沃尔特·惠特曼:"哦,公共大道,你表达我的意思胜过了我自己……"回旋舞修行模仿太阳、月亮、行星和恒星的运动轨迹。鲁米说:"懂得舞蹈的人懂得神明。"

狂喜中的苦修者相信他们在飞翔。他们的舞蹈服装饰着象征翅膀的花纹。有时,他们的衣服刻意弄破并打上补丁。这表示穿戴者在舞蹈的狂怒之中将它们撕碎。补丁的潮流总是伴随着欣喜若狂的舞蹈动作回归。舞蹈就是朝圣,人们在危难的时

[①] 圣伯尔纳铎(St. Bernard de Clairvaux, 1090—1153),天主教熙笃会隐修士,修道改革运动的杰出领袖,被尊为中世纪神秘主义之父。

代跳得更频繁。法国大革命时期,巴黎举办了历史上最大规模的狂欢舞会。

竞技游戏也是朝圣之旅。梵文中"棋手"一词和"朝圣"相同,意为"抵达了对岸的人"。足球运动员很少意识到自己也是朝圣者。他们踢的球象征迁徙的鸟。

我们所有的活动都与旅行的想法相关。我乐于相信我们的大脑有一个信息系统向我们发送远行的指令,那里埋藏着驱使我们躁动不安的发条。在早期阶段,人们发现他可以通过刻意改变大脑内的化学物质,一口气消解所有的讯息。他可以在虚幻的旅行或是想象中的爬升中飞翔。因此,定居者天真地将葡萄酒、大麻或致幻蘑菇认作上帝,但真正的漫游者鲜少寻求这种幻觉。药物是那些忘记如何行走的人才需要的代步工具。

真正的旅行要比虚假的那些更为有效、更经济也更具启发。我们应该踏着赫西俄德的脚步登上赫利孔山,聆听缪斯女神的话语。如果我们仔细聆听,她们必定会现身。我们该跟随道教智者寒山① 前往他在寒石山上的小茅屋,注视季节流转,或像伟大的李白那样:"问余何意栖碧山,笑而不答心自闲。桃花流水窅然去,别有天地非人间。"②

一九七〇年

---

① 寒山是中国唐代诗僧,史传他出身官宦之家,后受佛教影响隐居于浙江天台山,并非查特文所说为道教修行者。
② 李白的七言绝句《山中问答》。

第四章

书　评

游牧者亚伯

威福瑞·塞西格的《阿拉伯沙地》与《沼地阿拉伯人》是和多蒂①的《阿拉伯荒漠旅行记》比肩的经典。然而他最新的图文自传《沙漠、沼地与高山》尽管从先前的两本著作中借用了大量内容，却比两者都更引人入胜。副标题"游牧的世界"透露了与该书主题有关的线索。书中谈论的游牧者正是塞西格先生自己，他在旅行中，骑骆驼或是徒步，在非洲或是亚洲，与他为伍的绝大多数都是或者曾经是游牧民族。初看之下，这本书似乎是短篇旅行手记的合集，搭配的照片来自一个构图精确到万无一失的摄影师。细读会发现，这是一篇关于信仰的宣言，它走过漫漫长路想要解释是怎样的"奇特的冲动"促使威福瑞·塞西格这样的人去追寻沙漠的慰藉。

他生来就注定要旅行。他的父亲是驻亚的斯亚贝巴的英国大臣。他最初的记忆就是"关于骆驼和帐篷，关于河流和执长矛的男人"。他读的书是《草原小狗乔克》，英帝国孩童们的"圣经"。他的朋友是带他外出打猎或帮他牵住小马的护卫兵和马夫。他在同类人中总是像个异乡人，远离他的校友一如他远离寥寥可数的几个同胞，其中已故的加文·麦克斯韦曾凭借坚

---

① 查尔斯·蒙塔古·多蒂（Charles Montagu Doughty, 1843—1926），英国旅行家。

韧耐力在旅行中跟随过他。一张伊顿公学时拍下的照片中,他已经有了为追逐地平线而铸就的梦想家的脸庞。

一九三〇年时他重回埃塞俄比亚参加皇帝海尔·塞拉西的加冕典礼。之后,他完成了穿越达纳基尔的旅行,那里生活着吉卜林笔下"绒毛头"的表亲,他们的凶残超乎想象。他的发现比孩提时代钻研《草原小狗乔克》的我能梦想过的还要多,碰巧,他的足迹与兰波重合,四十年前兰波曾在这"恐怖之路"上来回跋涉。经过达纳基尔的旅行,他的一生渐露痕迹,他将成为终生浪迹荒野的远行者:担任苏丹政府的官员,身处空白之地①,或在伊拉克南部的沼地,或在巴赫蒂亚里的春季迁徙中,置身扎格罗斯山脉的库尔德人或兴都库什山脉的非穆斯林中间,目睹过纳赛尔的飞机轰炸也门保皇派,又或者和他现在一样,住着帐篷,猎鹿为食,身边是肯尼亚北部的桑布鲁牧人。

塞西格先生并不掩饰自己坚定的观念,他认为游牧者史诗般的田园牧歌世界比定居的文明社会更优秀——无论精神还是肉体。"阿拉伯人最好的一切皆来自沙漠。"[实际上,阿拉伯(arab)这个词的意思就是"住帐篷的漫游者",与哈撒(hazar)"住房子的人"相对——原始含义是后者为人类中的极少数。]因此,当他看见自己的贝都因旧识们驾车出行,被西方文明最华而不实又微不足道的特质所诱惑时,觉得那不亚于一场浩劫。关于拉什德部落,他在空白之地的伙伴们,他这样写道:"他们穿着特征明显的衣服,即便是衣衫褴褛。他们是矮小又灵巧的

---

① 空白之地(Empty Quarter),阿拉伯半岛南部沙漠的英文称呼。

人，警觉而提防，在火炉般的沙漠中历练，训练出了令人难以置信的忍耐力……他们像纯种马一样精妙而敏锐。"

这些不是扶手椅人类学家的白日梦，塞西格先生知道自己在说什么。他一次又一次举例说明贝都因人的勇敢、忠诚，他将这些品质与绿洲定居者狭隘、吝啬的狂热主义做对比。这是对他作家身份的考验，他凭借不带丝毫窘迫与感伤的描述赢得了两位年轻向导本·卡比纳与本·加拜沙的友谊。他不是自白式的写作者。但当他的另一位朋友法利赫·本·马基德在沼泽地的一次枪战事故中丧生，他将痛苦注入精练的话语，他无法流泪的悲伤让这份痛楚更为痛彻心扉。关于法利赫悲恸的父亲，描述同样精彩："马基德，头发灰白，未曾梳洗，他腆着硕大的肚腩，看起来非常疲惫，一个被痛苦填满的破碎的老人。'为什么非得是法利赫？为什么是法利赫？'他的情绪爆发了，'上帝，现在我一个亲人都不剩了。'"

塞西格先生如此透彻地吸收了这片英勇之地的气概，他对烧杀抢掠、部族血仇与握手言和这些事的描写赋予了他的文章一种古代史诗或传奇故事的特质。即便是那些充满了被 E.M. 福斯特称为"可怕的东方名字"的平淡章节，也会突然转变成绝美的图像，意蕴远比它们的表述更为深远："落日悬于沙漠边缘，没有热力的红色球体"，"风将暗河上的寒气吹散，我听见浪潮在拍打看不见的岸"。因为它内在的韵律和复调的顿挫，或许关于汉志西部这座伊甸园的描写该大声诵读：

我们爬上陡峭的小路，狒狒从悬崖上冲我们咆哮，髯鹫在云雾缭绕的深渊上空滑翔，在刺柏与野橄榄树的密林中，我们歇在冰冷的溪水旁。这里开满野花、茉莉与金银花，还有玫瑰、香石竹和报春花。有时我们和酋长一起在城堡中过夜，有时和奴隶住在泥土屋，我们在每一处都被接纳。我们吃得饱睡得好，但我无法忘却的是荒漠和狂沙的挑战。

想要回到沙漠的"痛楚"是这本书不变的主题。要嘲笑塞西格很容易，就像有些人已经做的那样，嘲笑他是肆意将沙漠信条浪漫化的老派英国怪咖，或者埋怨游牧民族没有为艺术、建筑或人类文明的总体荣耀做出丝毫贡献。但文明的起源并非全然值得敬佩。法老凭借奴隶的劳力建造了金字塔。摩西带领他的人民回到沙漠明澈的空气中，住在黑色的帐篷里，在他临死时，他走出帐篷，秃鹫们在伯毗珥山谷中将他围住——"无人知晓他的墓在何处"。塞西格先生的信念并不古怪。它们与自文明开端起就先后由历史学家、哲学家、诗人、教师和神秘主义者写下的原则一致。《旧约》的一段诗篇，在后来的先知中尤其被推崇，它不断重复着一个主题，在土地上定居而不是迁徙让以色列的子民"贴油膘，行淫邪"，只有当他们回到黑色的帐篷里时才能再次得到上帝的垂爱："我必使你再住帐篷。"（《何西阿书》第十二章①）其实，《沙漠、沼地与高山》可以当作为游牧者亚伯而唱的永不止息的哀歌，他被第一个城邦的种植者和建造者该隐杀害，耶和华不接受该隐的供物，但他可以统治自己

---

① 该句出自《何西阿书》第十二章：自从你出埃及地以来，我就是耶和华你的神，我必使你再住帐篷，如在大会的日子一样。

的弟弟。

关于游牧民族问题，历史学家伊本·卡尔敦的陈述最为简明扼要："游牧族更接近上帝创造的世界，并摆脱了污染定居者心灵的那些该受谴责的陋习。"只有他们才能逃脱毁灭了所有已知文明的衰亡循环。而且，确实，自贝都因首领亚伯拉罕[①]踏上旅途，"自南行至伯特利，至他帐篷原来安扎的地方开始"，游牧世界就不曾改变。

有一种假设，认为所有超验主义的宗教都是为生活被定居破坏的人们准备的权宜之计。但伊斯兰教的悖论在于，尽管对麦加朝圣节或前往麦加的朝圣之旅为城市居民再现了沙漠生活中无意识的苦行主义，尽管斋月最初的意思是"炙热之月"，真正的贝都因人却往往只有模糊的宗教概念并且是不知羞耻的物质主义者。正如一个贝都因人在上世纪对帕尔格雷夫说的那样："我们会去朝拜上帝并向他致敬，如果他显得好客，我们会与他同住；如果并非如此，我们就跨上马背扬长而去。"

游牧民族或许离上帝创造的世界更近，但他们并不是那个世界的一部分。游牧民族是带着他的财产在一连串牧场间辗转的牧者，遵守最严格的时间表，一心只求自己的牲畜和儿孙数量增加。诸如"股票""资本""金钱"甚至"英镑"之类的词汇来自牧民的世界，绝非偶然。正是游牧民族对增长致命的渴求，导致了无休止的掠夺和时代的仇怨，并最终诱使他向定居屈服。

按照这些标准，塞西格先生不是游牧民族，而是一位旅行

---

① 亚伯拉罕，原名亚伯兰，约公元前2167年出生于苏美尔，后神赐名"亚伯拉罕"，意为"多国之父"，是传说中古希伯来民族和阿拉伯民族的共同祖先。

者，在他身上，被称为"艰辛"（travail）的古老旅行方式得以复兴：有一次他写到膝盖内的软骨组织已经磨损殆尽，他必须将其取出。他的书中没有形而上学的意味：他一直是位英国绅士探险家。而他奉行五十余年的苦行式生活使他跻身其他旅行者的行列——沙漠之父们，爱尔兰朝圣者，伊斯兰托钵僧，印度神流浪圣徒，或诗人李白那样杰出的智者，他在旅行中发现的"盛大的平静"也许与上帝的和平相同。

据说佛陀"发现了古老的道义并追随于它"，他最后对门徒们说的是："走下去！"想象最初那些人长途跋涉穿越撒哈拉南部丛生的荆棘与锋利的荒草这样的场景并不是强人所难的事，仿佛看到塞西格先生，回到了荒野的中心。

一九七九年

巴塔哥尼亚的无政府主义者

一九二〇年,一场以蒲鲁东、巴枯宁、克鲁泡特金、马拉泰斯塔之名为旗号的无政府主义革命在南巴塔哥尼亚一座英国人管理的牧羊农场上爆发。革命发起人是二十三岁、个子瘦高的加利西亚人,名叫安东尼奥·索托。他有栗色的头发、颤抖的嗓音,略微有一些斜视。之前他在埃尔费罗尔由终身未婚的姨妈们抚养长大,他和弗朗西斯科·佛朗哥同年。十七岁时,他读到托尔斯泰谴责兵役的文章,逃到阿根廷躲避自己的兵役,辗转进入剧院工作,并开始接触无政府主义运动。

索托在一家西班牙流动剧院负责场景转换的工作,最终来到了麦哲伦海峡附近阴郁的海港里奥加耶戈斯。在这里,一个同胞告诉了他移民劳工的悲惨遭遇,他们大多是梅斯蒂索混血印第安人,来自绿意盎然但人口过剩的奇洛埃岛。这种情况唤起了索托的救世主冲动。他从剧院转投政治,当选为当地工会的总书记,伙同一群业余的革命者,带领他的追随者们烧杀抢掠,最终落到持枪的游击队手里。

奥斯瓦尔多·拜耳(Osvaldo Bayer)是德裔左翼阿根廷历史学家。真相不言而喻;而作者又是勇敢的人,他冒生命危险将此书[①]出版。一九二〇至一九二一年的革命读来确实颇像是智

[①] 查特文此篇评论的即奥斯瓦尔多·拜耳(1927—2018)的著作《巴塔哥尼亚悲剧的复仇者》。

利和阿根廷当代事件的预言。尽管如此，必须要说的是，拜耳陷入了词藻的窠臼，他针对拉丁美洲当时军事和外国干预的颇有争议的激进态度反而削弱了他的叙事力度。巴塔哥尼亚，这个故事的背景，是这块大陆南纬四十二度以南一处刮着疾风的尖角，在智利和阿根廷之间一分为二。智利的沿海地区挤挤挨挨都是雨林，但在安第斯山脉以东，却是荒芜的灰绿色荆棘丛和南美大草原，让人联想起内华达或怀俄明。一九〇〇年之后，巴塔哥尼亚确实成了狂野西部的延伸：布奇·卡西迪（Butch Cassidy）和圣丹斯小子（Sundance Kid）一路南下，一九〇五年在里奥加耶戈斯抢劫了塔拉帕卡伦敦联合银行。

一五二〇年，麦哲伦看见特维尔切印第安巨人在圣朱利安海滩上起舞，将"巴特哥"（Patogon）这个名字给了他。这个词原本应该是"大脚板"的意思，因为他穿的鹿皮鞋尺码很大，但事实并非如此。特维尔切人戴狗头面具作战，"巴特哥巨人"是骑士文学《希腊侠义传》中的狗头怪兽，在麦哲伦启航七年前就已用西班牙语印刷出版。（因此，用符咒召唤特韦尔切族神灵塞特波斯的卡利班①，对巴塔哥比亚的祖先有不同看法，通过特林鸠罗的嘴说道："这些狗头小怪兽能把我笑死。"）特维尔切人捕猎美洲驼为生，他们的体型和大嗓门与他们温顺的性格很不符合。农场上的牧羊人到来之后，他们灭绝了：死于饮酒、绝望、疾病和近亲通婚。

关于巴塔哥尼亚，达尔文曾写下过这样的文字："这片土地上有不育的诅咒"，在十九世纪的大部分时间里，阿根廷都没

---

① 卡利班，以及塞特波斯与特林鸠罗，都是莎士比亚戏剧《暴风雨》中的角色。

把这事放在心上。沿海有一些阿根廷人定居点,但大多数殖民地是智利人的。一八四三年,智利比法国提前一天占领了麦哲伦海峡,到十九世纪七十年代后期,它在蓬塔阿雷纳斯的拘役所已经发展成繁荣的港口。然后,阿根廷醒悟过来,意识到达尔文的估计是错误的。当它的邻居与秘鲁交战时它保持了中立,条件就是将巴塔哥尼亚大致沿着安第斯山脉的分水岭一分为二。智利人感到自己受骗失去了最好的土地,并一直伺机将其夺回。

与此同时,蓬塔阿雷纳斯的一个英国居民于一八七七年从福克兰群岛①带来了第一批绵羊。当它们大量繁殖时,其他人明白了其中的奥妙。两大先驱者是毫无魅力可言的阿斯图里亚斯人:何塞·梅内德斯(Jose Menendez)和他的女婿莫里兹·布劳恩(Moritz Braun),他是波罗的海犹太屠夫的儿子。经过两人共同的努力,布劳恩和梅内德斯家族获得了阿根廷政府的巨额土地补贴,借他们的公司拉阿诺尼玛(La Anonima)以压制边境,并从新西兰进口了种马,从英军雇佣了农场管理者,从高地请来了牧羊人。

他们变得极为富有。当他在一九一八年去世时,唐·何塞(Don Jose)将剩余的数百万美元留给了西班牙的阿方索十三世。在蓬塔阿雷纳斯,你仍然可以看到布劳恩宫,一九〇二年时从法国进口各种材料建成。在这里,布置着彩缎、科尔多瓦皮革、洁净的大理石以及毕加索父亲绘制的含情脉脉的大雁,这个爱德华时代在阿连德政权中幸存了下来。

---

① 福克兰群岛(Falklands),即南美洲巴塔哥尼亚南部海岸以东约 500 公里处的马尔维纳斯群岛,简称马岛。

其他外国人也在巴塔哥尼亚得到了土地。自从被认证为"进步力量",布宜诺斯艾利斯的土地局就刻意垂青于盎格鲁-撒克逊人,此类大量存在的阿根廷产业偏爱安插英国经理人。结果就是圣克鲁斯省看起来像是帝国的一个前哨,由讲西班牙语的官员管理。英国的一些农场过去(现在依然)由大型机构经营,由伦敦证券交易所估价。但是,许多移居者是来自福克兰群岛的"流民",他们对高地清洗①记忆犹新,无处可去。他们的大庄园尽管已濒临破产,但仍然被巧妙地粉饰起来,让人想起英国男孩的寄宿学校:校长的房子四周围满了花草,还有草坪洒水器以及精装版的潘趣酒和乌木酒酒单,农场工人睡在斯巴达式的宿舍里,将他们的订单张贴在黑板上,并在农场小店里购买日常琐碎用品。

拜耳对农场主的态度并不公平。他们已经工作了二十五年,地位仍然极不稳定。一届政府给予的好处,另一届政府可能无偿收回,因此想尽量压榨现金的诱惑是不可抗拒的。由于他们拥有廉价的劳动力,巴塔哥尼亚畜养绵羊的农民得以靠低价抵抗其澳大利亚和新西兰的同行竞争者,在一九一四年至一九一八年期间,这里处于经济繁荣时期,但在随后的低迷期又出现了新的征税、通货膨胀、关税和工人骚乱。圣克鲁斯的农民开始将自己比作被困大草原上任由暴力农民摆布的俄罗斯贵族。

当地英文报纸《麦哲伦时报》曾有一期刊登过一张俄罗斯乡间别墅的照片,屋主向一个高瘦的打手卑躬屈膝,标题写着:

---

① 高地清洗(Highland Clearence),指苏格兰历史上发生的大量佃农从高地和群岛被驱逐的事件,事件发生在 1750 年至 1860 年间。

《基斯洛多夫斯克庄园的马克思主义者狂欢夜，交出五千卢布或你的性命！》；米色乔其纱配银色腰带的马赛尔斯派对装广告旁是托洛茨基的介绍，"一个尼禄式的，郁郁寡欢的暴君，用曾属于沙皇的黄金裁纸刀打开了他的凶杀派遣令……留意他是用怎么阴郁的冷漠对待美丽的亚麻桌布的"。

南美洲苦力几乎都来自奇洛埃岛。他们比热爱阳光的阿根廷人更强壮也更贫穷，工作更卖力但要的酬劳更少。除此之外，他们的雇主可以在边境上随意处置制造麻烦的人，这是获得政府允许的做法，当局认为大量的智利人口会威胁阿根廷的稳定。拜耳这样描述奇洛特人：

> 终日骑马，屁股长茧，无论寒暑；没有女人，没有孩子；没有书籍，没有教育。总是带着同样顺从的微笑；永远是那个笨拙躲闪的奇洛埃苦力。男人的肤色是那种看起来从不洗澡的颜色。不计其数的他们带着空洞的凝视。这群被压榨的人，他们毫无生气的脸仿佛是阉鸡肉变成了人形，他们的身体与美感无缘，穿着只为蔽体用的衣物，不为御寒……

但是，将奇洛特人描述为贪婪外国人毫无思想的受害者，并没有给他们的文化丝毫公道。这些钢铁般坚强的民族拥有自己的传说，将外面的世界描述成地狱般的景象，并预言待时机来临，他们将席卷压迫者的土地。和其他受束缚的种族一样，他们的矜持会突然溃败，时不时沉溺于性、酗酒和暴力（在西班牙人到来前就已是如此），这是他们性格中为拜耳忽略的部分。

一九二〇年的里奥加耶戈斯，纵横交错的街道上排列着波纹铁皮屋，从斯威夫特的冰柜厂里飘出的浓烟浮在监狱院子上空。安东尼奥·索托找到了一个导师，秃顶又爱打扮的西班牙律师何塞·玛利亚·波瑞诺，他离开圣地亚哥·德·孔波斯特拉大学时获得了神学博士学位，一路漂泊来到世界的尽头，在这里经营双周刊报纸《真理报》，受盎格鲁-撒克逊财阀们统治。他的文章让同胞们激动不已，还开始效仿他的风格："在这犹大们横行的社会里，自大又贪恋不义之财者环伺之下，喧嚷的厚颜无耻之徒尖牙利齿、良知泯灭，唯普钦内拉的波瑞诺一人固守着为人罕有的正直……"

波瑞诺将索托介绍给当地的法官伊斯梅尔·维纳斯，他年纪轻轻就擅于煽动民心，他同样憎恶外国强盗，倾尽全力毁掉了违反阿根廷财政规定的苏格兰绵羊牧场。他们组成了对抗农场主、旅馆经营者和杂货商的三人组，尤其反对两个人：一是圣克鲁斯的代理省长埃德米罗·科雷亚·法尔孔，亲英派乡绅和地产商，当地农业协会的主席；另一个则是伊本·诺亚，别克汽车修理厂的西班牙老板，阿根廷爱国同盟里奥加耶戈斯分会的主席，这个组织是为对抗不断散播的外国意识形态而成立的右翼组织。在对抗科雷亚·法尔孔一事上，属于因爱生恨，维纳斯法官曾在市政宴会与情妇携手出席以侮辱代理州长的太太。

九月，索托通过组织大酒店的服务生罢工开始了他的革命家生涯。里奥加耶戈斯的警察局长是个暴脾气的苏格兰人，名叫里奇，他即刻做出反应把所有造反者全都关进监狱。当他意识到大罢工真正的威力以及自己的警力捉襟见肘时，法官已下令释放监狱的囚徒，但罢工继续扩大，致使几家在绵羊产业中地位重要的庄园陷入瘫痪。

索托升起了他的政治旗号，反政府主义的红与黑。他的下一个举动，感人但并不完全切中要害，他组织了奇洛特人大游行以纪念加泰罗尼亚教育家弗朗西斯·费勒被枪杀九周年。索托坚称工人们是在纪念费勒，如同天主教徒纪念圣女贞德，或是穆斯林纪念穆罕默德，但警察局长禁止了这场示威，让维纳斯借机嘲笑他对费勒在思想史上的地位一无所知。法官轻松废除禁令，游行继续进行。

到十月的最后一周，《麦哲伦时报》刊登了局势动荡的消极预警，十一月一日晚上，索托逃脱了刺杀，受雇用的智利人将利刃刺中了他马甲口袋中的银怀表。索托对自己的使命坚定不移，他发起了一次大罢工，并起草了一张清单罗列了雇用工人的最低福利。这份文件的措辞十分郑重其事。波瑞诺和法官只想击败其他政治派别，并不想颠覆整个系统。但索托坚持最后一个条款：他自己的工会应负责调停雇工与雇主之间的纠纷，并以挑衅农场主和他们制度的一句质问收尾："竟将人的价值等同于一头骡子、一只羊或是一匹马"。农场主愿意提供更好的薪酬和待遇，但不愿意让"合唱团男孩"介入工人与雇主之间。正如他们所料，他们给出的好处在工人们中间引发了分歧，索托和无政府主义者拒绝接受，工团主义者则愿意接受，并称索托"大脑愚钝，对如何领导罢工一无所知"。索托回应说工团主义者是当地妓院乔克拉特利亚的皮条客。

他与折衷派决裂，随后与一些"行动派鼓动者"结交，他们自称"红色议会"并佩戴红色袖章。领袖是两个意大利人，一个代号"68"，曾在德累斯顿的陶瓷工厂里制作牧羊女瓷像；另一个是名叫埃尔·托斯卡诺的红胡子逃兵。他们时常变化的追随者中有德国流民、俄国无政府主义者、两个苏格兰人、几个北美的亡命牛仔，还时常有一些奇洛特人。

在多达五百名彪悍骑手的带领下，"红色议会"突袭偏僻的农场，纵火，征用武器、粮食和烈酒，将农场主和经理扣为人质。他们组织的中心是阿根廷冰川湖以东的大草原，距科迪勒拉山脉一步之遥。里奥加耶戈斯的警察局长里奇派他的副局长米切利前去控制局势。同伙中还有"殴打劳工者"索萨警长和豪尔赫·佩雷斯·坦珀利，一个长相俊美的上流社会男孩，因迷恋制服而作为陆军中尉加入了宪兵队。

圣诞节期间，米切利的部队在湖边巡逻，随意殴打劳工，随后乘坐两辆福特车穿越大草原撤退。在经过埃尔赛利托旅馆时中了"红色议会"的埋伏。两名警察和一名司机遇害，副警察局长受伤，坦珀利的生殖器中枪。

索托躲藏起来，波瑞诺进了监狱。当他出狱的时候，发现里奇突袭了《真理报》的办公室并毁坏了铅字印刷板。在布宜诺斯艾利斯，总统伊波利托·伊里戈延接到了英国大使馆的严正照会，决定派遣军队入驻。他选中了矮小但忠诚爱国的军官陆军中校赫克托·本尼格诺·瓦雷拉。

随阿根廷第十骑兵队一同出征的还有海军上校伊格纳西奥·伊扎，他被任命为圣克鲁斯的总督，却竭尽所能推迟上任时间。他是个激进派，但对巴塔哥尼亚一无所知。他让瓦雷拉取代罢工者的位置对抗掠夺土地的外国人，不顾科雷亚·法尔孔的警告将里奇解雇，赦免了所有上缴武器的投降者。红色议会将信将疑，但遵照无政府主义者的优良传统，允许自己的组织被宣布解散。

索托从躲藏中现身，宣布战胜军队、私人业主和国家，获得了彻底的胜利。"你会看到，"伊本·诺亚对瓦雷拉说，"你一走就会再次作乱。"上校说："那我就回来一打一打地射杀他们。"

诺亚是对的。索托因成功而膨胀，把总督的生活搅得不可收拾。他试图在斯威夫特冰柜厂组织罢工，但新上任的警察局长机智地战胜了他，把工人们赶回工厂。当冬季临近，索托前往布宜诺斯艾利斯，在第十一届劳工大会上游说支持者，但专家们为列宁和齐诺维耶夫的政策争执不休，忽略了来自巴塔哥尼亚的特派员。同时，巴塔哥尼亚沿海城市因纵火、蓄意破坏和不止一桩谋杀案而瑟瑟发抖。到春天，索托梦想着将有一次起义从巴塔哥尼亚蔓延开去，席卷整个国家。他有三个中尉：一个曾做过侍应生的巴枯宁主义者，名叫奥特雷奥；一个信奉工团主义的官员，名叫阿尔宾诺·阿奎雷斯；还有一个谦恭而寡言的高乔人，名叫法孔·格兰德，因为他的刀很大①。波瑞诺博士因为缺席而更为引人注意。《真理报》的倒闭让他闭了嘴，而且他也即刻看清了招惹军队的危险。此外，他正在和一个大农场主的女儿搞外遇，并趁地价低迷之机买下一小块他自己的

---

① 格兰德（grande），法语，有宏大、显要的意思。

地。随后人们发现，一直以来，他都在布劳恩和梅内德斯的工资发放名单上，无政府主义的大报为这位犹大要价三十银元。

"红色议会"自行开始了革命的第二阶段，但被出卖给警察并锒铛入狱。索托本该领会这个暗示，但他仍然相信政府是中立的，并派遣"巴枯宁主义的传教士"到绵羊牧场附近，下令发动袭击并劫持人质。整个过程中，囚徒们待遇不错，但来自托基的罗宾斯先生因为抑郁而割喉自杀。

伊里戈延总统第二次致电瓦雷拉，让他采取一切必要措施。《麦哲伦时报》评论说："到目前为止，阿根廷骑兵队并没有采取任何行动来证明其存在的正当性，但我们希望瓦雷拉司令准备发动一场战役，以完全平息这场叛乱，并让暴徒们得到一个永世不忘的教训。"

这次，瓦雷拉确实是"不为赦免而为着清洗"而来。（他使用了limpiar和dupurar这样的字眼①。）他将自己收到的指令理解为对大屠杀的默许，但由于国会刚废除了死刑，他必须将索托的奇洛特队伍鼓吹成"武器装备极为精良的军队，军需供给同样优良……是他们所处国家的敌人。"据说，他们中很多人是智利北部硝酸盐矿的矿工。三个智利的卡宾枪手在前线被捕，证明了智利政府是此次叛乱的幕后力量。一个携带写着西里尔文字的笔记本被捕的孟什维克清楚地说明了红色莫斯科的干预。（尽管拜耳断然否认智利与此事有关，阿根廷边防委员的文件却让我确信情况正好相反。）

---

① 西班牙语，分别意为"大清洗"和"纠正错误"。

装备不良的罢工者在军队面前是以卵击石。瓦雷拉提交了报告,记录下激动人心的枪战和缴获的军火,但《麦哲伦时报》说了唯一的一次真话:"各式各样的叛乱分子,找不到自己战斗的缘由,缴械投降,他们中的不良分子被射杀。"

军队的表现是胆小懦弱的杰出表率之一。士兵五次劝劳工们投降,保证会给他们留下活路。每次都在他们投降后直接开始了屠戮。他们被射杀在自己为自己挖好的墓穴中,他们的尸体被放在荆棘丛堆成的篝火上焚烧。波瑞诺在他撰写的《巴塔哥尼亚的悲剧》一书中,将死亡数目夸张到至少有一千五百人,但死者的数目并不确定。官方资料中开枪的卫队并不存在。

最终,索托狂妄偏执的梦想在梅内德斯位于安尼塔的那个了不得的大庄园里崩塌,庄园被积雪的山脉环绕,能观赏到莫雷诺冰川滑过黑色的森林落入翠绿色的湖泊。在这里,他与五百个人一起,将人质关在白绿两色还带新艺术风格温室的大房子里。当他听说了发生在草原上的大屠杀,以及维纳斯·伊瓦拉上校的纵队已到达不远处的山谷,他知道自己气数已尽。他的性格变得更淡漠而冷峻,他比以往更频繁地谈及人类的尊严,模糊了所有对真正的血肉之躯的理解。夜晚他离开人群独自入睡,而奇洛特人,要求他们的领导与他们分享生命的一切细枝末节,因此开始对他心生怨恨。在他最后一次召开大会的时候,两个德国人领导的强硬分子想用大捆大捆的羊毛在剪羊毛的窝棚外设置路障,奋战到最后一个人倒下。但索托说他不是任人宰割的肉,他要逃跑并在别处继续革命。奇洛特人宁愿相信阿根廷军队的话也不再相信索托的承诺。

索托派两个劳工去和维纳斯·伊瓦拉谈条件。"什么条件？"对方问，并让他们去和耶稣谈条件。之后，对方要求索托无条件投降，并说会留下他们的性命。当天夜里，索托和另外几个人骑马翻过科迪勒拉山脉，逃往智利。（二十世纪六十年代，他死在蓬塔阿雷纳斯，生前满心悔恨，以无政府主义的方式经营着一家小餐馆。）早上士兵释放了人质，将反动劳工们赶入剪羊毛棚。人质中有一个是屠杀印第安人的老手，他要求三十七具尸体来补偿他被偷的三十七匹马。三百名奇洛特人以为自己会被流放到边境另一边的智利。但早上七点的时候，棚屋的门开了，一个中尉大声地将鹤嘴锄分配给一队工人。其他人听着他们齐步离开，然后传来鹤嘴锄敲在石头上的脆响。"他们在挖坟。"剩下的人说。十一点的时候，门再次打开，劳工分组带到外面，由农庄主们挑选出他们愿意带回去继续干苦力的人。就像筛选绵羊。

那些没人要的——嘴角耷拉、双目突出——被带过洗羊槽，绕过长着低矮灌木的小山丘。其他人从院子里听见枪声响起，看着秃鹫群从山里俯冲而来。那天大约有一百二十人丧命。一个行刑者说："他们赴死时的消极态度着实让人震惊。"

英国公众喜不自胜。《麦哲伦时报》称赞瓦雷拉"无与伦比的英勇，在火线上奔袭时如阅兵般气派……巴塔哥尼亚人应向第十骑兵队脱帽致敬，他们是英勇的绅士"。伊本·诺亚的爱国同盟已经在竭力催促让瓦雷拉担任总督。在一次午宴上，诺亚谈及"这些时刻中美好的情绪"以及他"因为摆脱了瘟疫而混杂着感激的心满意足"。中校谦虚地回应说他只是尽了一名士兵应尽的职责,在座的二十个英国人,仅会寥寥几个西班牙单词,高唱道:"因为他真是个大好人。"

在巴塔哥尼亚,事情则是另一番光景。没有人欢迎英雄瓦雷拉的凯旋,只有涂鸦写着:"让南方的食人魔吃枪子!"没几个左翼人士会在意索托或是奇洛特人,但军队不明智地杀死了一个工团主义者,议会炸开了锅。伊里戈延总统委任瓦雷拉担任军校的主管,希望这次危机会慢慢平息。但在一九二三年一月二十七日的破晓时分,瓦雷拉走在上班的路上,一个穿深色衣服的高个子红发男人拿着一份《德意志普拉塔日报》和一枚炸弹走近他。炸弹爆炸的时候,刺客两次扣动科耳特左轮手枪,射穿了瓦雷拉的颈静脉。"我替我的兄弟们报仇了,"他用糟糕的西班牙语喃喃地说,"我不用再活下去。"

凶手是库尔特·威尔肯斯(Kurt Wilkens),来自石荷州的三十六岁德国流浪者,在移民局将他驱逐出境前,一直在美国做矿工,也是一个无政府主义者。在布宜诺斯艾利斯,他白天洗车,晚上读名著。在他的小屋里,警察发现了装在相框里的托尔斯泰和克鲁泡特金肖像,还有歌德的《少年维特之烦恼》和克努特·汉姆生的《饥饿》。他声称炸弹是自己制作的,但没有任何痕迹,警察表示怀疑。

瓦雷拉葬礼上的哀悼者之中,有个柔弱的年轻人,他神色忧郁站在棺木旁,抽泣着发誓要报仇。凶手已养好了伤,被关进拘役所("候审者"的牢房)。威尔肯斯的新看守紧张得颇为古怪,他在闷热难耐的夜色中来回踱步,直到他当差的时间结束,然后他走进牢房,用毛瑟枪的枪管蹭着德国人的肩胛骨,问他:"你是威尔肯斯吗?"得到回答:"正是。"他就开了枪。年轻的看守飞奔到他的上司跟前说:"我为堂兄瓦雷拉中校报了仇。"

这个看守,和在瓦雷拉的葬礼上举止古怪的年轻人是同一个人,他就是豪尔赫·佩雷斯·坦珀利,自埃尔赛利托旅馆后再没有人见过他,如今他因为生殖器受伤而精神永久错乱。关于他是如何成为威尔肯斯的看守从未得到清楚解释,调查将此事一笔带过。他被轻判,鉴于"身体异常"只获刑八年,并很快被转移到了治疗精神病罪犯的医院。

和他一起被关押的人中有一个南斯拉夫侏儒,他强迫性多语,曾谋杀过自己的医生。一九二五年二月九日,星期一的午后,情绪极度低落的坦珀利正在给阿根廷爱国同盟的全国主席写信,这时卢基克,那个南斯拉夫人,在小房间的门口探出头来,喊道:"这是为威尔肯斯报仇!"然后开枪杀死了他。

复仇的齿轮转到了它的最后一环。问题在于:是谁给了卢基克枪?警察最终将罪责安在了另一个被关押者鲍里斯·弗拉基米罗维奇的身上。他是个有些身份的俄国人,植物学家、艺术家、革命作家,曾住在瑞士并认识列宁。一九〇五年革命之后他染上了酗酒的恶习,接着来到阿根廷,住在圣达菲的一个牧场准备洗心革面。但旧时生涯让他欲罢不能。一九一九年,他手法拙劣地抢劫了布宜诺斯艾利斯的一家外币兑换所,想为出版一本无政府主义的刊物筹集资金。一人丧命,弗拉基米罗维奇被判在火地岛的乌斯怀亚服刑二十五年,那是位于世界尽头的监狱。寒冷、浓云和深水令他发了疯。他开始唱祖国的歌曲，为了重获安宁，总督将他移送到首府的医院。星期天的探望日，两个俄国朋友将一把左轮手枪放在水果篮中送给了他。这个案件很难得到证明，也没有审判。但弗拉基米罗维奇永远消失了，惊恐万状地消失在亡灵之屋中。

去年，我在蓬塔阿雷纳斯遇到一个年迈的奇洛特剪羊毛人，他躲过了大屠杀而且认识安东尼奥·索托。他的双手因为风湿而肿胀弯曲，他戴着无檐软帽蜷缩在木头火炉旁。当我问起革命的事，他说："军队得到允许可以杀死每一个人。"——好像根本没有别的指望。但当他谈及索托和那些领导人时，他颤抖了，仿佛是被自己声音中的狂烈情绪吓到。他大叫道："他们不是工人。他们一辈子都没干过一天活。那些酒吧老板！理发师！杂技演员！艺术家！"

一九七六年

前往岛屿的路

在彻底明白爱丁堡对它的居民的影响之前，任何传记作家都不应该踏上研究罗伯特·路易斯·史蒂文森①的旅程。因为这座破败荒凉的北境之都向他们索求——也往往会得到——某种特定的道义上的承诺。史蒂文森是爱丁堡的杰出居民。他在这个城市度过的童年时光是爱慕与憎恶之间不断轮回的拉锯，几乎为他将来会死在南太平洋埋下伏笔。在病房中由强势的女人们悉心照料，他将小男孩的幻想化为男人们在烈日照耀的明媚岛屿上进行的冒险。有一次他将背景设置在萨摩亚，采用了苏格兰大地主式的故事风格。在他的家人和父亲宅邸中那些实木家具的包围中，他终于长大成人并与他曾恨之入骨的"峭壁之城"握手言和。

已故的詹姆斯·波普-亨内西②写了本读来很有意思的书。他在大量文献资料中悉心筛选，这些资料的搜集者是世纪之交

---

① 罗伯特·路易斯·史蒂文森（Robert Louis Stevenson，1850—1894），苏格兰小说家、诗人与旅游作家，19世纪后半叶英国伟大的小说家，也是英国文学新浪漫主义的代表之一。代表作品有长篇小说《金银岛》《化身博士》《绑架》《卡特丽娜》等。
② 詹姆斯·波普-亨内西（James Pope-Hennessy，1916—1974），英国传记作家、旅行作家，有爱尔兰血统。他最著名的作品除了史蒂文森的传记外，还有玛丽王后的传记。1974年亨内西因刀伤逝世于伦敦，查特文的这篇文章写于那一年。

那些将对史蒂文森的纪念转化为文学产业的人。他挑选得很成功，用生动细节和奇闻趣事组织起故事。亨内西直言不讳地描述了史蒂文森温和乐观的母亲，他虚弱的肺正是继承自她；还有他阴郁虔诚的父亲，一个灯塔工程师；以及他的护士，可怕的艾莉森·坎宁安，她将史蒂文森的幻想鞭笞成宗教受难式的癫狂。亨内西详尽描述了史蒂文森和圣母马利亚一般的希特维尔夫人保持着与性无关的恋情，对他和美国人芬尼·奥斯伯恩那桩离奇婚姻的来龙去脉细加考量，我们在枫丹白露森林深处的格雷兹，生动地瞥见了一位富于艺术气质、周游异国的波希米亚。我们也感受到了史蒂文森性格中至关重要的乖张，感受到了他在面对致命的疾病时那歇斯底里的喜悦，还有他可以将自己变得男女都无法抗拒的天赋。

尽管如此，波普-亨内西依旧给人留下一种印象，史蒂文森让他觉得无聊，作为作家和男人，都让他觉得无聊。史蒂文森家族及其随从们流连于书页之间，栩栩如生的人物置身于如诗如画的布景中，但鲜有说明来解释他们为何做出那些举动。直到那一刻，他们登上卡斯科号快艇，驶向南太平洋。自此，他们进入了波普-亨内西个人爱好的轨道，而读者们的兴趣也随之活跃起来。波普-亨内西显然很享受萨摩亚旅行，我们则享受着他对萨摩亚的描写，它的丰盛，它的热忱和多彩，以及原住民闪闪发光的浅色身躯。在较早的《游廊》（*Verandah*）一书中，他出色地描写了祖父在毛里求斯担任总督时的生活。他也许应该扩充这本书的最后七十页，并以史蒂文森一家为楔子，描绘出定居热带岛屿天堂的欧洲人拥有的快乐和幻想。

波普-亨内西无意于撰写一部批判性的传记，也没有将史蒂文森的著作看得比他职业生涯中繁多的波折更为重要。这很可惜，尤其对于一个活得如此自传体风格的作家。史蒂文森是一个极度以自我为中心的人，对他的公众形象有病态的在意。他乐于相信他自由掌握着与自己相关的信息。事实上，他连忏悔都严加克制。但有意或无意地，他总是在他的故事中遗留下大量的暗示。波普-亨内西决意将关注点放在生活而非作品上，也情有可原。史蒂文森是一个很有天赋的故事写手，但从不是一流作家。他能掌握的人物类型屈指可数，都已被透支，且都是与众不同的类型。他过分关注风格的精致，建议年轻的写作者在技巧精湛的偶像面前俯首称臣，而他自己的技巧却趋于疲软无力。而且他无法清楚明确地描写当下，总是缓缓飘向想象中的盛装舞会。在为孩子写作时他最为快乐，他也不会用离题的道德姿态来让故事线变得错综复杂。但这些绝非一流作家的标志。

也没有人觉得他的人生表现上佳。他是个谨小慎微的人，缺乏王尔德那样坦诚的大胆无畏。他时常在就要做出些精彩危险之举的关头，让谨慎占据了上风。他与维多利亚时代的繁文缛节唱对台戏，他屈尊过着潦倒贫困的生活，这些虽被大肆宣扬，但实则是三心二意的把戏，因害怕丑闻而做得并不彻底。他还有些自命清高。他精心营造了沉溺女色的名声（并无多少证据），但依旧能提出观点成功驳斥毫无乐趣的欲望。他的慷慨包裹着自满的平庸外衣，他的施舍常引发怨憎。他否认宗教信仰，这精心算计的把戏只为让他达尔文主义的父亲痛苦，但《携驴旅行记》却渐渐成为反对天主教、支持新教的宣传册。他反复说着想要过上简单的生活，孤身一人或与心爱的女人同去荒野，不过是在用中产阶级的重重陷阱为难自己。他渴望探险，渴望"发生在伟大的探险家们身上那样纯粹而冷静的冒险"。但他没有这样的胆识，总体上，他旅行在一个对唯美主义者来说安全无害的世界里。他盼望有一个伟大的人类好友，《白鲸》中魁魁格那样的探险同伴，现实中他选中的玩伴是芬尼的儿子劳埃德·奥斯博恩，《金银岛》就是为他所写。他声称自己苦于忍受维多利亚时代令人昏昏欲睡的和平生活（"我们永不再流血了吗？这前景太过灰暗"）——但很多时间他都在和玩具士兵玩耍。

当他一八九四年逝世于萨摩亚瓦利曼时，大英帝国正如日中天。史蒂文森，英国人中创造光辉事迹的佼佼者，在某些圈子里被尊为当代圣贤。史蒂文森，专写男孩子气童话的作家（在一个被超龄大男孩统治的世界中），被誉为有史以来最伟大的小说家之一。英国和美国的读者细细研读他每一个完美的句子。初版《金银岛》在收藏家中要价不菲。年轻的美国亿万富翁哈利·埃尔金斯·维德纳说每次旅行都会带着这本书，这书在泰坦尼克号上随他一同沉入海底。为何这样一本显而易见的二流小说会享有如此夸张的赞誉是个很值得深入的主题，但同样，波普-亨内西没有带着我们继续深入。亨利·詹姆斯给芬尼写的吊唁信中有句话很接近真相："对于以文字为生的人来说，我觉得，很少有人的死能做到如此恰如其分的浪漫。"或许史蒂文森的秘密在于他其实做到了（或者看似做到了）公众希望英雄们能做到的事。而且他设法让这些事迹得到了大量的宣传。无论他的举动是发自真心还是虚与委蛇都不是重点。他一生的遭遇和死亡时的情境具备神奇的完整性，在传奇英雄人物身上屡见不鲜：受苦受难的童年，专横跋扈的养母，对父亲权威的反抗，前往遥远国度的旅行，和陌生人的婚姻，和凶险势力的斗争（这里说的是肺结核病），回归家庭与父亲和解，得到公众赞誉，然后再次远走天涯，接着在一个遥远而神秘的地方去世。

正是史蒂文森的二流身份使他变得有趣。他的困境非常熟悉：被富有却思想狭隘的父母溺爱的孩子，不愿承袭家族产业，渴望为了更健康的原始主义而舍弃现代文明，却又因感情和金钱的牵扯而试图回归。史蒂文森是不计其数的中产阶级儿童的先驱，他们在世界各地的海滩上抛掷垃圾，或用落伍的追求和陈旧的宗教信仰安慰自己。《携驴旅行记》一书正是大学肄业生进行的平庸旅行的雏形。

爱丁堡是了解史蒂文森的关键。波普-亨内西去那里似乎是为了文学朝圣。他未能充分利它的价值，也错过了很多珍贵的线索。爱丁堡是一个充满了对比和悖论的地方。人与物都注重品质但混乱肮脏不离左右。新城井井有条的广场与排屋正对着旧城可怕的天际线。贫民区依旧毗邻富人的宅邸。狂野山景侵犯着城市的中心。在晴朗的夏日，没有地方比这里更明亮更开阔，但一年中绝大多数时候这里都刮着刺骨的疾风或弥漫着黏腻的海雾，即被称作 haar 的苏格兰东岸冷雾。苏格兰对当代的事不屑一顾。在不列颠的其他岛屿上，你都不会感受到过去具有如此强烈的压迫感。苏格兰的玛丽女王和约翰·诺克斯依旧在场。死人比活人更有生命力。这里有种棺材般的幽闭气氛，相比之下，格拉斯哥就如同充满生机和欢笑的天堂。恰如其分的健康在这里闻所未闻。人们要么食欲旺盛,要么体弱多病需要保护。如此表象之下酝酿着鲁莽轻率的激情。冬季,这个城市面色铁青昏睡整周,又在周六晚上突然爆发,陷入饮酒、暴力和性爱的放纵狂欢。有几个季度,虔诚的居民上教堂时必须在布满呕吐物和碎酒瓶的人行道上努力寻找落脚点。

因为在苏格兰教堂里度过了漫漫时光,史蒂文森学会了说教的口吻并潜移默化地融入到作品中。在他位于赫瑞街的房子里,他养成了谨慎的好品位;从爱丁堡式的对谈中,他学会了令人跳脚的老式文风,以及文雅、婉转的含蓄措辞;因为城市的游行和军乐,他内心深藏着军国主义;因为城市血腥的传说,他对食人鬼怪青睐有加。因为曾受过爱丁堡律师执业资格培训,他让自己笔下的人物为自己的动机辩护,而不是陈述案情。爱丁堡,这座历史悠久的舞台,决定了他将摒弃左拉式的现实主义,也给了他灵感去写风格很是故作玄虚的传奇故事。吉基尔博士和海德先生的模式就有典型的十八世纪爱丁堡特色。狄肯·布罗迪是一位受人尊敬的橱柜制造商,业余时间则是小偷,最终上了绞刑架。史蒂文森将吉基尔博士和海德先生安排在伦敦,但布罗迪识破了这是个爱丁堡故事,有着爱丁堡的光影。还有它通往贫民窟的富庶宅邸,它加尔文式的水火不容的善与恶。但这些都不能解释史蒂文森是出于何种体谅或宽容,将他的怜悯之情赐给了吉基尔博士和邪恶的海德先生。

爱丁堡也给了他想要逃离的冲动。它的绝大多数市民,到了一定时候,都会被出城的迫切之情席卷。年轻的史蒂文森曾记录下他是如何带着渴望注视南去的火车驶离威弗利火车站。

一八七四年他还写信给他的母亲，警告她不要在意自己将长久不在她身边："你必须牢记，我大致是要成为浪子的，一直到我的日子过完。"一方面，史蒂文森是个永远长不大的孩子，背着行囊，身处他乡总让他更为快乐，无法面对性的复杂，准备靠骑自行车排解它。精神上，他属于文学流浪汉之列。还能想到的例子有惠特曼、兰波和哈特·克兰。史蒂文森对公路的赞颂无疑是大量撷取自惠特曼的文字，但他从未拥有过美国人那种运动员式的源源不断的活力。

另一方面，史蒂文森是个刻板守旧的男人，认为自己应该结婚并安定下来。某种意义上来说，他选的妻子很完美。芬尼·范德格里夫特·奥斯博恩是另一种很常见的类型：坚韧而神经质的美国人，和丈夫离异，临近中年依旧美丽，带着孩子，身处欧洲，搜寻艺术品。她是来自中西部的女孩，嫁给了青梅竹马的甜心，他从一个漂亮的男孩长成了好色的懒汉。芬尼对待丈夫的风流韵事态度很是天真，直到它们被摊到了她眼皮子底下。之后她就和男子汉气概保持距离，或许连性都一同避而远之。她性格中男孩子气的部分帮助她在内华达州的矿工营地里生存了下来，山姆·奥斯博恩硬是将她带到了那里。她第一次婚姻里居无定所的漂泊给她灌输了对财富的贪婪和对社会地位的迷恋。一八七六年她的小儿子在巴黎去世，让她变成一个满心愧疚的女人，迫切想要拯救些人或物。这个年轻的苏格兰精英，又身患慢性疾病，唤醒了她的救世军冲动。

波普-亨内西将史蒂文森的婚姻解读为一个彻头彻尾的爱情故事。某种意义上来说，他是对的。有各种理由让这个笨拙的精灵般的家伙，带着他"古怪又炽烈的凝视"被一个富有魅力的年长女性吸引。另外，这段跨越大西洋的恋情对双方都有额外的吸引力，混合着疏于联系的迷人异国情调。很确定芬尼和路易斯是在格雷兹成为恋人的。但这段婚姻不会涉及多少性，我觉得波普-亨内西没有深挖其中的复杂缘由。芬尼是占据支配地位的伴侣。在光景好的时候，她将会成为伙伴、探险同道、姐姐和母亲，但不太可能是恋人。在困难的时刻，她将是全心全意、意志坚定的重症看护，填补艾莉森·坎宁安留下的情感的鸿沟；确实，比起其他角色，她似乎更偏爱护士这个身份。

《卡特里娜》是史蒂文森为《绑架》写的续集，书中有一个生动的场景，男女英雄必须保护自己。卡特里娜哀叹自己虽不是生为男儿身却能舞刀弄剑，是因为戴维巴尔弗（和史蒂文森一样学法律的学生）从没学过用剑。一些评论家暗示史蒂文森患有阳痿。甚至还有关于他的性器官有"永久损伤"的传闻，这话源自爱丁堡的一个妓女。是他自己最先说不想要自己的孩子，而且要到他写作生涯的最后阶段，他才有能力把控女性角色。关于设置女性角色，他曾说"那对传奇小说家来说是个剧毒的世界"。史蒂文森身上有种少女气息，总是存在于维多利亚式的种种谈性色变的拘谨之中，粗犷、好斗的男人味会让他兴奋异常。《金银岛》中的水手们棕色皮肤，脏兮兮的，而且满身伤疤，他们预言了之后萨摩亚年轻的家仆们，在瓦利曼，史蒂文森和劳埃德·奥斯博恩一起，以美貌为标准挑选了他们。小说中也同样充满了英俊而苍白的单身汉，他们"喜欢女人"。《赫米斯顿的韦尔》一书中有个片段，年轻而犹豫不决的阿奇·韦尔（作者的自画像）与格兰纳尔蒙德勋爵道别，"他的目光停留在老友身上，就像一个恋人盯着他的情妇"。众所周知，史蒂文森有恋父情结，曾谈起父亲在北贝里克郡的沙滩上脱衣服时，那个美丽的景象让他兴奋又害怕。

事情的此种走向很自然地会让某类批评家对史约翰的木腿做出最糟糕的揣测。但史蒂文森却天真无邪地觉得自己身上的女孩子气很有趣。当意大利的肖像画家古雷默·内利到萨摩亚为他画像，他写下了这几句打油诗：

哦，愿他按我的喜好画像，像美女像姑娘，
或者画个难看的小淘气，就像……他内利！

如果他是同性恋，或者知道同性恋是什么样子，他肯定不会写下这样调皮又尴尬的句子。但我觉得我们必须相信芬尼的吸引力有一部分来自她的儿子劳埃德，事实上，路易斯去世时，劳埃德差一点死于悲恸，显然他们激情四射的友谊远不只是一厢情愿。

路易斯绝望地爱着芬尼。他一心想着要娶她，会娶到她。没有她不能活，而且，在收到她歇斯底里的电报后，他追随她到了旧金山。这是他生命中至关重要的时刻，我觉得波普-亨内西并不了解这一点。经过移民船和火车上那段骇人听闻的旅程后，路易斯抵达了加利福尼亚，身受重创，长着疥癣，气喘吁吁，很可能行将就木。芬尼和劳埃德张开双臂迎接他，但有些事不太对劲。离婚让她精神崩溃，而且她对这次相聚心存犹豫，对方体弱多病而且和她一样身无分文。绝望之中，路易斯孤身一人开始了徒步旅行，彻底崩溃时，一个老牧场主救了他。一八七九年至一八八〇年的冬天，他独自住在蒙特利尔和旧金山肮脏的出租屋里，饿得半死，任凭海雾毁坏他的肺部，让工作耗尽自己。他拒绝接受伦敦友人西德尼·科尔文的现金资助，声称他将这段时间当作对忍耐力的测验。与此同时，芬尼的情况稳定下来，她住在海湾另一边的奥克兰的小木屋里，大概一周见他两次。她甚至没有邀请他一起过圣诞节。十二月二十六日他写信给家人："除了房东夫妇和餐厅的侍应，我已经四天没和任何人说话。这不是度过圣诞的快乐方式，我必须承认，我的勇气渐失。"

勇气确实耗尽了。春天时，路易斯经历了第一次肺部大出血，而芬尼决定嫁给他。这两件事同时发生而且互相关联。不太客气的目击者称，芬尼以为自己要嫁给一具尸体，并想着以史蒂文森遗孀的生活获利。这么说并不公平。但很难不得出这样的结论：为了病到有足够的资格让芬尼嫁给他，路易斯在旧金山一心求死。婚姻建立在他的疾病之上。她的幸福要仰仗他的卧床休息，要仰仗他对她的依赖。她充满保护欲的性格，就像艾莉森·坎宁安，有着致命的一面，会让他变得柔顺并失去男子气概。萨金特在伯恩茅斯为夫妇俩绘制的精彩画像，说明了一切：他，苍白焦虑的自恋狂，捻着胡须向镜中凝望，而她，矮胖、安分，身穿东方服饰。从某种角度来说，史蒂文森夫妇十分现代。

但芬尼让他成为了作家。她总是号称自己有先见之明，说她早就知道自己嫁的是一个天才:"只要他能活下来写作!"她利用自己组织管理上的天赋,让他投入到工作中,去写赚钱的书。如果他保持健康和单身并住在英国,他很可能就此完蛋,就像他的朋友 W.E. 亨利,一个天赋如此不凡的普通人,被排外的小圈子吸干了才华。芬尼不择手段地用病榻(他的床单上布满了墨迹、血渍和肉酱汁)和隔离病房来阻止史蒂文森和他的朋友们见面;等他们一到南太平洋,现状让她得意洋洋、心满意足:终于,她将他放在轮椅里推离了伦敦的文学圈。

她打错了算盘。南太平洋的海远比她想象的要更适宜他的健康。他的肺部停止了出血。他增了体重并长了肌肉。他也变成了深棕色,游泳并干体力活。他出海航行,先是驾驶快艇,后来驾驶椰树做的粗糙双桅帆船,这使他变得强壮,也给了他男子汉的自信心。但她无法接受这些。经过前往夏威夷的艰难旅行之后,他带着显而易见的快乐写道:"我的太太很差劲。她是最难受的那一个。"而且,当他们在萨摩亚定居并开始建造房屋时,他继续摆脱着不够男子汉气概的虚弱无力。他还克服了自己对异性的恐惧,在他去世前,平生第一次,他正在塑造两个有血有肉的女性角色:《赫米斯顿的韦尔》中的柯斯蒂和克莉丝汀娜·艾略特。

但路易斯的康复让芬尼疯狂。她将瓦利曼变成了情绪化的疯人院。她尖叫着大发脾气。他们必须给她服用镇定剂,甚至强行按住她。由于她失去了对丈夫的绝对控制权,她开始计划将房子从一处朴素的隐居之所扩建为宏伟浮华的豪宅。她的铺张浪费,混杂着他这个苏格兰人对荒凉的恐惧,迫使他赚取越来越多的稿酬。他的应对之策是和继女、美丽的贝拉·斯特朗，一起与世隔绝。她成了他的抄写员，也是他真正喜欢的人。他变得闷闷不乐，怀念苏格兰，并在压力之下崩溃了。他死于脑溢血，这让芬尼可以无拘无束地扮演大师遗孀的角色。这个角色很称她善于制造戏剧化场景的才华，这让她乐在其中，也知道如何从中获利。"RSL"的传奇得到了守护。

一九七四年

执念的变奏

《所罗门王的指环》和《狗的家世》的崇拜者们应该感到宽慰，康拉德·劳伦兹又重新回到了他之前的轨道。他上两本书想必带来过苦涩的失望，即便对那些认为《攻击的秘密》一书堪称晦涩杰作的人也是如此。其中名为《镜子背后》的书，声称是为着探寻人类智慧的自然历史，但对没有学术背景的读者来说根本无法理解。另一本《文明人类的八大罪孽》，足够简单——以世界拯救者的语调不断抨击，通篇都是社会进化论陈腐的隐喻，早在三十年代后期就该写了。人口过剩和环境破坏是肆虐的癌症。他抨击公众意识的懒惰，全世界都在疯狂求新，会带来稳定婚姻的求爱仪式丧失了，他还担心我们的文明会落入不那么娇生惯养的东方人手中。

《灰雁的四季》却证明他没有丢失轻快的笔调和引人入胜的能力。他呈现该书的方式，是记录下在奥地利阿尔姆湖那童话般的世界中研究他最喜欢的鸟类时度过的一年四季。他的成果极为漂亮，无疑会吸引大批读者。一部分凭借西比尔和克劳斯·卡拉斯夫妇的彩色照片，一部分凭借劳伦兹与众不同的天赋，他能潜入其他物种的内心。群山美丽，空气明澈，灰雁本身是种无与伦比的鸟类，暗灰色与白色相间的羽毛，珊瑚红色的喙，比喙颜色略浅的掌。一页又一页的精美图片展示着鲜花和阿尔姆湖的其他动物，还有灰鹅们，求爱、交配、筑巢、孵蛋、打架、游泳、换羽、飞翔，或是在雪地里喂食。最后三张照片里，一只鹅阖上眼睑，陷入了最深沉的睡眠。

劳伦兹本人，穿着泳裤，戴着防雨帽，或者穿着带帽防寒短上衣，以德高望重的白胡子自然学家形象示人，这位诺贝尔获奖者从未失去他为造物的神奇而惊叹的能力。当大雁回应他的召唤，他感觉自己回到了和他的动物伙伴"平静共处的天堂"。另一方面，他掌握的进化知识赋予了他说教的权力，任何肯费神去理解言外之意的人都能明白他的教诲。在后记中，他希望这本书"能启发那些与自然隔绝而又过度操劳的人，他们知道什么是美善，知道防卫和保护自然界众生是他们的职责"。

劳伦兹在多瑙河畔的阿尔滕贝格长大，现在仍住在他父亲，一个富庶的维也纳外科医生建造的新巴洛克风格的豪宅中。他与灰雁的情缘始自童年，那时他曾注视它们向着河的下游迁徙。六岁的时候，他已经通过威廉·布榭吸收了大量达尔文主义的知识［正是通过布榭的主要作品《从杆菌到猿人》(*Vom Bazillus zum Affenmenschen*)，希特勒初次理解了进化的概念］。他决定成为一名古生物学家，在花园里扮演禽龙，和他一起玩耍的女孩后来成了他的妻子。后来，成为一名年轻的科学家后，他在屋里屋外养了一群灰雁，《所罗门王的指环》中最有趣的章节讲的是老劳伦兹在书房里招待灰雁喝茶，它们把波斯地毯搞得一片狼藉。劳伦兹夫人曾问一位研究精神病理的朋友："康拉德对大雁的狂热是怎么回事？""是种心理变态，"他说，"就和其他变态一样。"

劳伦兹总是在前言中不遗余力地表示他将秉承科学严谨的客观态度。在《攻击的秘密》一书开头,他承诺会带领读者们"沿着我走过的路……去寻找法则中的理性。使用归纳法的自然科学开始时永远不会有先入为主的预设,以此为起点,发展至万物都遵守的抽象定律"。新书中,观察者是相机的镜头,"最能代表客观的物品"。然而,尽管劳伦兹声称他是围绕照片写了文字,但这没有阻止他重复四十多年千锤百炼而形成的根深蒂固的偏见,以他不倒翁式的坚韧。

他的学术同僚们喜欢将两个劳伦兹区分开来。一个是"生态学之父"(书封上称他为"灰雁之父"),他是研究脊椎动物基因遗传行为中"序列"的先锋,并贡献了"印记"这个很有价值的概念。第二个劳伦兹是雄辩的哲学政治家,他从动物到人的争辩都建立在极不稳定的基础上。然而他的论题在研究时紧密关联,他的事业完整统一,我发现要区分两个劳伦兹是不可能的。

他的观点是,从生物学角度来说人类所有的行为都是有既定目的:当我们谈论爱、恨、愤怒、悲伤、雄心、忠诚、友谊,诸如此类的事,与我们用侵略性、等级驱动力、雄性同盟或是地域性来形容其他物种是完全相同的层次。一旦将人类的这种"驱动"或者说"欲望"隔离开,就有可能得出一套生态学的道德伦理,能取代宗教信仰和世俗道德中带折扣的真相。我们并不自由,而是被进化法则约束。理性的作用不是要我们摆脱本能,而是要阻止我们犯下对抗自然的罪孽。"动物,"他在书中写道,"不需要道德责任感,因为在自然环境中,它们的意愿会带领它们去往正确的方向。"而人类,是一种被驯化的物种,其内在行为体系已经在进化为人的过程中变得迟钝,在现代大都市这样的环境中容易变得无可救药的暴虐。

如今,灰雁的家庭生活恰好成为了劳伦兹用以展示人类本能中存在缺陷的理想写照。他引用父亲的话说:"除了狗以外,灰雁是最适合与人类为伴的动物。"事实上,他将父亲当作正确、老派的常识宝库,不厌其烦地援引他。发现灰雁的社会结构与奥匈帝国末期时中上阶层家庭的理想状态保持着一致,对他们两人来说一定是极为宽慰的事。

大雁是一夫一妻制。它们坠入爱河并一直相爱。它们有漫长的求爱仪式,并以类似婚礼的仪式结尾。雄雁在争斗中耗尽它们决定了繁衍等级制度的好战本性。被打败的对手独自离去,变得抑郁,很可能发生意外。有时一只雄雁会引诱另一只雄雁的雌雁,导致离婚。如果伴侣死亡,幸存者会陷入悲痛。当地位卓然的雄雁打架时,低等的雁会站在一旁,像观众一样以仰慕的姿态观看它们的长辈和佼佼者。在受到外界威胁时,整个雁群都会鼓起好斗的激情。

世袭制度得到了确认,如果是在自己的地盘上,出身良好的幼雁能将成年的平民赶走。有时,两只甚至三只雄雁会组成亲密的同性关系,尽管都不愿意扮演被动角色。这些结义兄弟"在勇气和战斗力上都比任何普通夫妻"更为强大,而且"总在社会等级制度中占据很高的地位"。无须赘言,纯野生血统的灰雁在道德和体能上都比农场畜养的鹅更优越,家养的鹅有时会被征集到阿尔姆湖边孵一窝窝的蛋。"这些生物,因多年的驯化而显得愚蠢，连孵蛋都不能可靠完成：它们已经失去了野生大雁展现出的十分明确的本能行为模式。"

劳伦兹丝毫没想要放弃他对大城市的看法，觉得那是一个偏爱各种基因怪胎的农场，他们不择手段的举动和他们发育不良的外表一样令人厌恶。几年前我去拜访他的时候，他说："自我住在阿尔滕贝格以来，我注意到在多瑙河上游泳的男孩们中有一个加速上升的 cochonification[①] 趋势。你会怎么用英语来称呼它？'猪肉化'！肥胖的男孩和肥胖的男人！圈养的动物也是同样……丝毫不加选择的进食习惯！"

"但毫无疑问，"我说，"这是食物制造商的过错。不是基因上的问题。"

"我不在乎这是文化退步还是基因退化，我知道文化退步起来要比基因退化快十倍。但文化即是人种的体现！"

此时如果你让劳伦兹将这场争论继续深入下去，你会发现自己被带往这样一个结论：他一直寄予厚望的"强壮、男子气概的人"有义务压制低等人，简单来说，这正是"攻击冲动"的用武之地。但那些被《攻击的秘密》吸引的人，如果知道该书与一九四二年他在东普鲁士的哥尼斯堡大学担任心理学教授时写的一篇论文有大量相似的内容，而论文的"最终结论"还在全力探索之中，或许就会对该书多加考量。

他以英语出版的两卷本论文集中，"可能遭遇的经历中存在的先天模式"被删去了，正是这个观点引发了格式塔认知和生

---

① Cochon 在法语里是猪的意思，cochonification 意即变成猪。

态学法则，推崇一种"科学地建立在种族政策上的自我认知"，以清除那些像恶性肿瘤一样疯狂膨胀着蚕食社会健康体魄的堕落者。这一体制的仲裁人是"我们中最优秀的个体"(Fuhrer-Individuen)，他们褊狭的价值判断将决定谁是——或谁不是——堕落的人。劳伦兹反对斯宾格勒悲观的论断，认为在时间的长河中，民族的衰落遵循着内在的逻辑。应用生物学将先发制人，战胜斯宾格勒的"必然的命运"。

随即，就是现在，灰雁被强行引入到争论中。血统纯正的雄雁有"轮廓更为分明的头部，更挺拔的体态，更红的双掌，更粗壮的肩"，诸如此类……反之，家养的鹅有发育不良的外表，更不用提道德上的全面崩坏。同样的，我们仰慕臀部紧致、肩膀宽阔、目光锐利的男人。我们厌恶衰弱的身体特征："缺少肌肉，四肢短小，脂肪增多，饮食和交配的冲动在数量上增加。""我们本能地讨厌所有由驯化造成的特征。"

再一次地，他为这些文字配上了照片：一条溪流中的鱼，一只野生的灰雁，一匹狼，和伯里克利的半身雕像——全都线条修长——与之并列对照的是一条鼓着眼泡的金鱼、一只家养的鹅、一头衰老的英国斗牛犬（日期为一九四二年），还有苏格拉底的大理石雕像——所有都带着基因衰变造成的扁塌的体貌。

这篇论文的教训是，带着偏执行事是绝对英勇的行为：试图去了解你为什么拒绝一个人只会模糊你最初的判断。他敦促人种生物学家要速速行动："这事刻不容缓!"——尽管还是有两年多的时间。

但愿我引用的这个段落能展示他的风格：

就如同正在切除逐渐增长的癌变肿瘤的外科医生，他必须用手术刀在需要摘除和需要保留的组织之间专断地切开一条"不公正"的清晰界线，有意识地倾向于多切除健康组织也不愿留下病变组织，所以当涉及边界的确认，要决定何处是由优势变劣势的转折点时，必须要有预先的价值判断……

论文还有许多其他内容，包括异想天开的胡言乱语，试图解决让每一个人种生物学家头痛的问题：为何美的基因与善的基因会背道而驰？完美的条顿人灵魂怎么就栖居在了元首的身体内？——更不用说到一九四二年的时候，种族主义者必须接纳日本人？

当然，如果劳伦兹没有继续大批量生产此类粗制滥造的观点、隐喻，甚至是同样的文字，人们就可以无视所有这些虽错得离谱但并不持久的认知偏差——但他自一九五〇年至今，一直因为战后的敏感性而时不时地篡改自己的观点。比如，当他在《攻击的秘密》中谈论"社会作战反应"时，他后悔煽动民心者滥用了这种原始的驱动力，并希望"我们的道德责任感能够凌驾其上"。在一篇写于一九五〇年的论文里，他说，任何人都会乐于为他受压抑的侵略本能找到替代品或是"仿制品"，还补充道："缺少这种纯生理学的基础，过去所有受煽动而导向大规模残酷事件的案例，比如女巫审判或是反犹太迫害"，都不可能发生。但在一九四二年，他只有一句训诫："我谴责所有在政治意义重大而个人情感软弱的场合没有感受过这种反应的年轻人!"

一九四二年时,他从未明确提及犹太人的名字。也可以认为,他指的是让七万异教徒免于堕落的安乐死项目,之后纳粹的工作就在其他地方展开。但话说回来,劳伦兹一般只被普遍的法则吸引,而不是某个具体问题中肮脏的细节。

在丹尼尔·加斯曼(Daniel Gasman)出色又令人不安的著作《国家社会主义的科学起源》一书中,读者会受到冲击,同样,也会惊讶于劳伦兹关于人类行为的观点绝少建立在"自然科学归纳法"的基础上,而是大量重复着一元论者的信条,这场由生物学家恩斯特·海克尔创立的运动出于社会目的解读达尔文主义,并将社会主义意识形态当作与自然计划背道而驰的存在而与之对抗。一元论者是第一批试图将生物学与社会科学融合的人,在一元论思想的庇护下,德国学术界与德国民族主义最咄咄逼人的需求联手。加斯曼提出的观点无法被充分强调,即纳粹相信最终的解决方案是"科学的",因此受自然律法的制约。

阿尔弗雷德·诺斯·怀特海曾经写道:"自然耐心地以我们正好感兴趣的法则来做诠释。"而劳伦兹的工作对于任何试图想要客观地为人类立传或建立生态模型的人来说,是一个警示。因为它显示了我们过去进化史中的"事实"会被扭曲或模式化到何种程度,只为符合冒进的偏见。

在历史背景下,劳伦兹的动物行为学可以归为被洛夫乔伊[①]

[①] 即阿瑟·奥肯·洛夫乔伊(Arthur Oncken Lovejoy,1873—1962),美国哲学家、思想史专家,代表作有《存在巨链》《批判实在主义》和《对二元论的反叛》。

和博厄斯①称为"动物至上主义"的范畴:"一种出于某种立场而认为野兽比人类更值得钦佩、更正常或更幸运的倾向。"人类自身是有缺陷的、异常的生物,他的堕落甚至早在他成为人类以前就已发生,这一论调自公元前四世纪以来贯穿西方思想,尤其是在那些惊慌失措的社群中。如果"高尚野蛮人"的概念鼓励改革者持平和的态度,去期盼一种更简单、更平等的生活,那么"野兽更幸福"这样的传说就是种诅咒,扼杀了人们对更美好的世界的盼望,让人类对自身和他的行为感到厌恶,要他不必对自己的行为负责,导致他在绝望地寻求补救的过程中,陷入集体道德麻痹,并屈服于暴政。

一九七九年

---

① 即弗朗茨·博厄斯(Franz Boas, 1858—1942),德裔美国人类学家,语言学家,现代人类学的先驱之一,被誉为"美国人类学之父"。

第五章

艺术与画像破坏者

在废墟中

卡普里岛上住着三个自恋狂,他们每个人都在悬崖边盖了一幢房子。他们是亚克塞尔·蒙特(Axel Munthe)、雅克·阿德尔斯沃德-费尔森男爵(Baron Jacques Adelswärd-Fersen)和库尔齐奥·马拉帕特(Curzio Malaparte)。他们三个都曾将自己跌宕起伏的华彩经历撰写成书,都有强烈的游牧族式的敏感,都想要在建筑中延续自己的个性。所以他们的房子是自我之爱的体现,是他们希望能在其中生活、相爱并创造神奇作品的"梦想之所"。但尽管房子位于诗情画意的环境,却被勃克林画作《死之岛》式的阴森气氛侵蚀。

卡普里,自然是"山羊岛"的意思。提比略大帝的时代,它曾是希腊的一块飞地,而这幻觉持续至现代,仿佛伟大的(长着山羊腿的)潘神①并未逝去,卡普里岛依旧是天主教海域中一处异教徒的天堂,这里美酒香醇,永远阳光明媚,男孩女孩们长相美丽且乐于投怀送抱。自十九世纪中叶起,一群思想浪漫的北方人南下拥入卡普里——购买、建造或者租用别墅。

其中有德国艺术家、英国中产阶级怪人、美国女同性恋和俄罗斯"造神者"。威廉二世来过这里,于是,接二连三地来

---

① 潘神(Pan)是希腊神话中照顾牧人、猎人与农人的神,居于乡野之间的人也寻求他的庇护,他能帮助孤独的航行者驱散恐怖。同时潘神好色,羊腿是情欲的象征。

了 D.H. 劳伦斯、里尔克、隆美尔将军、艾达·齐亚诺①、格雷西·费尔兹②和阿尔弗雷德·道格拉斯勋爵（当他在别墅中闲坐时奥斯卡·王尔德正在瑞丁监狱服刑）。

还有诺曼·道格拉斯——学者，享乐主义者，和阿尔弗雷德勋爵没有丝毫亲属关系——因为在财政危机中失去了自己的别墅，更享受租房的便捷。以及"加衣炮之父"弗里茨·克房伯，在悬崖边为自己建了一幢"单身汉住所"③——只为在他的同性取向被那不勒斯的报纸大肆宣扬时，将这里用作自杀之所。还有马克西姆·高尔基，他在卡普里岛写了《母亲》。更有高尔基的好朋友列宁，他是个人缘不错的渔夫，当地人称他叮叮先生。

但卡普里岛历史的关键是提比略大帝。他在岛上拥有十二座别墅，有些在山里，有些在海边。在峭壁顶端的宫殿朱维斯④别墅中，他建起一座灯塔，他可以用灯语接力的方式将命令传至帝国的每一个角落。

提比略的性格是学术界的修罗场。他——像诺曼·道格拉斯认为的那样——是个害羞、节俭、学识渊博、惧怕人群、热爱艺术的禁欲主义者，他向他的希腊哲学家朋友们询问海妖塞壬唱什么歌，让他们大吃一惊，他发现只有隐居在他的清风徐徐的凉亭中，独自深思和阅读，才能和政府官员打交道？或者，

---

① 艾达·齐亚诺（Edda Ciano）是墨索里尼的女儿，1930 年嫁给齐亚诺伯爵，冠夫姓。
② 格雷西·费尔兹（Gracie Fields），英国演员、歌手，20 世纪中期活跃于大银幕与音乐舞台，晚年生活在卡普里度过，曾被维多利亚女王授予女爵称号。
③ 原文为法语。
④ 朱维斯 Jovis 一词，为 Jupiter 的变体，即罗马神话中统领神域和凡间的众神之王朱庇特。

他——像苏埃托尼乌斯描述的那样——是一个可怕的老恋童癖，他的左手十分有力，"能将一根手指插进刚摘下的苹果，或是男孩或年轻男人的头盖骨"？

他有没有在帝国全境搜罗性欲旺盛之人？他有没有在洞穴中和被玷污的孩童们一起畅游？他有没有和他的牺牲品一起玩耍，然后将他们扔下距离海面一千英尺的提比略高台？

考虑到极端的禁欲主义和纵欲之间的边界很脆弱，"好的"提比略和"坏的"提比略或许就是同一个人。然而是后者，苏埃托尼乌斯笔下的提比略，为萨德侯爵带来了灵感，他曾是岛上的早期游客，为贾丝廷与朱丽叶这两个人物写了几本激情四射又淫逸放荡的书。这个提比略也启发了雅克·阿德尔斯沃德-费尔森男爵，这个对未来的狂欢满心期待的年轻的唯美主义者，将自己的别墅莱西丝（或称格洛丽特）建在了提比略大帝的朱维斯别墅下方，一处狭长的地带上。

"我的诸多罪孽之一，"诺曼·道格拉斯在《回望》中写道："就是让这枚身心错乱的果实落在这座岛上。不，这话言重了。事实是，有一天他出现在岛上，几乎立即遇到了我。他当时大约二十三岁。"

费尔森的人生出现在两部小说中，康普顿·麦肯齐的《贞女之火①》和罗歇·佩尔菲特的《流亡卡普里》——结果导致"真正的"费尔森反而化为淡紫色烟云消散了。《贞女之火》是一本

---

① 贞女之火（Vestal Fire）指罗马掌管炉灶与家庭的女神维斯塔（Vesta）在她的神庙中燃烧的永不熄灭的神圣之火。圣火由6位贞女祭司轮流守护，传说只要维斯塔的火焰不灭，罗马人的生活就能安定和美。

直截了当的 roman à clef ①（出版时应该冒着巨大的风险），讲述了发生在侨居海外的殖民者中的乱伦，外加古怪的法国伯爵马萨克和他的意大利男友卡洛之间精彩的纷纷扰扰。佩尔菲特的书则截然相反，将著名的历史人物和虚构事件混淆，读来令人神智错乱。

显然，费尔森和"英俊的费尔森伯爵"来自同一个家族，这位瑞典贵族据说是玛丽·安托瓦内特的恋人，他努力营救国王夫妇的尝试在瓦伦纽斯遭遇惨败。费尔森家族年轻的一脉在拿破仑三世治下的法国定居下来，并在卢森堡附近建立了炼钢厂。雅克的父亲死在海上，而雅克是家中独子，所以他是个极为富有的年轻人。

他成长于十九世纪九十年代的巴黎，曾以孟德斯鸠伯爵为榜样（伯爵同样也是德塞森特②和夏吕斯男爵③的原型）。据诺曼·道格拉斯所说，他有一种"孩童般的清新"和蓝色的眼睛，而且衣着总是精致过头。他的第一本诗集在上流家庭之间传阅，尽管文字风格病态而且诗人对粉色玫瑰有着强烈的嗜好，也可能是疯狂迷恋一切粉色的事物（"我们都将身穿粉色衣服死去"④），据猜测，这一矫揉造作的品位源自孟德斯鸠写的《蓝色绣球花》一书。

他的麻烦始于《以萨德侯爵的方式赞美异教徒阿多尼斯》

---

① roman à clef：法语，指以化名的方式，以真人真事写成的书。
② 德塞森特（Des Esseintes）是法国作家乔里-卡尔·于斯曼的小说《逆流》的主人公，一个风格独特的颓废派唯美主义者。
③ 夏吕斯男爵（Baron de Charlus）是《追忆似水年华》中的贵族。
④ 原文为法语。

一诗的发表,而他打算发假誓再不说如此轻佻之语并娶一位莫普小姐,这时,毫无事先预警,警察以他在弗里兰大道的公寓里和男学生们厮混为由逮捕了他。

这段时期是费尔森在一九〇五年出版的半自传体式大杂烩风格的作品《利莲安勋爵或黑弥撒》一书的主题,诺曼·道格拉斯形容这本书有"陈腐的道林·格雷味",倒也不是全然没有自然流露的幽默。

受审、判刑,然后被释放,费尔森逃到意大利,在那里遇见了两位美国女士,沃尔考特-佩里"姐妹",她们邀请他到卡普里岛上的别墅做客。然后他决定建一幢自己的别墅,以向公众示威。诺曼·道格拉斯带他看了提比略峰下的场地,费尔森说:"这里适合写诗。"即使被提醒说冬天的时候这房子一天只能有两小时的光照,他也不听劝阻。别墅建造期间他去锡兰旅行,在那里捡拾起抽鸦片的恶习。之后他又在罗马捡了一个报童,将其以秘书的身份安置在卡普里。

男孩名叫尼诺·凯撒里尼,他承受了很多事。据道格拉斯说,费尔森有一些"可爱的性格特征":他并非"不真诚或虚伪,而是戏剧化"。他还自负,头脑空空且吝啬。他安排异域风情的节庆活动并和所有宾客争吵。他禁止尼诺和任何女孩调情,却又不断向全岛炫耀尼诺,仿佛他是一尊古老的阿波罗铜像。他带尼诺去中国,在那里买了一堆约三百根鸦片烟管。他带尼诺去西西里岛,让冯·格鲁登男爵拍照片。最后——如果故事是真的——他在信奉密特拉教的马特罗马尼亚岩洞举办了一场过家家式的活人献祭,尼诺扮演他的祭品,他们两人都被驱逐出岛。

当战争在一九一四年爆发，尼诺必须戒除鸦片瘾到亚平宁山区参战，费尔森则留在法国南部。最终，他被允许回到莱西丝别墅，但和沃尔考特-佩里"姐妹"发生了争吵，她们将他拒之门外。鸦片之外，他又染上了可卡因。

战争结束之后，尼诺回来照顾他的主人，尽管他看起来仿佛青春永驻，但此时已经病得很重。"我的房子，"费尔森说，"有死亡之味。"一九二九年十一月一个暴风雨的夜晚，"杰克伯爵"（费尔森在岛上的名号）穿上玫瑰色的丝绸睡袍，慵懒地靠在他地下鸦片室的靠垫上。尼诺去了厨房，回来时发现他已陷入半昏迷状态。"多少克？"尼诺大喊，"究竟多少克？""五克。"费尔森含糊地说，当他的手滑落时，他的拳头松开了——起码《那不勒斯晨报》上是这么写的。

费尔森的家人拿走了别墅里所有的物品，偶尔将其用作野餐的场所，之后又将它卖给了一个黎凡特商人。"它矗立在那里，"诺曼·道格拉斯在一九三三年写道，"像童话中的城堡，空空荡荡，孤独凄凉，被缠绕的树木遮掩，确切来说是被层层覆盖……因为他变得如此钟爱他的松树、冬青和金合欢，不允许它们最细小的末梢被触碰。"

它就这样站立着，或者说半立着，置身黑暗而"神圣"的树林，再次待价而沽——这幢格格不入、华而不实的"法国"建筑，曾被风趣的卡普里人称为"交际花的名片"，现在墙粉开裂，百叶窗破碎，除了猫咪的喵喵叫，公鸡的啼鸣，以及悬崖下快艇的轰响，一片沉寂。

在长得过于繁盛的花园里，我找到了几个神龛还有一座爱神庙。(它们是不是凡尔赛宫与王后,那份无法成真的渴慕留下的遗迹?)水泥瓮已经从锈蚀的支架上脱落,摔成碎片躺在草丛中。在客厅下方的柱廊上,别墅的看管人将角豆荚铺开来晾晒,还拴着她悲伤的浅黄色小狗。

她是个轻盈美丽的年轻女子,对自己照看的房子心怀妒忌。她还是园艺好手。在橄榄油罐子里种了天竺葵、石蜡红和美人蕉,它们在门廊下的台阶上开得明艳异常。房子在暗影中。一只黑猫不停经过我面前,仿佛在警告我不要擅闯。到处都是猫,毛茸茸的大脸,到处有猫尿的味道。还有一排排的蓝色绣球花——孟德斯鸠的蓝色绣球花。

我发现会客厅的色调曾是蓝、白和金。但天花板已塌陷,贴着黄色瓷砖和假碑文的中国房间(chambre chinois)里堆满残砖碎瓦,费尔森曾在这里的漆器架上摆放他的烟管。

而在屋外,金色马赛克依旧紧紧附在凹槽条纹的石柱上,穿过柱廊,我依旧能看到黑色大理石拼成的字句:AMORI ET DOLORI SACRUM——"爱与哀愁的圣物"。白色大理石台阶的栏杆上缠着藤叶和紫色的葡萄,台阶依旧通往尼诺苗圃般的卧室——而雅克的房间已经坍塌。

他曾被誉为"全欧洲最迷人的男子",但回溯过往,要喜欢亚克塞尔·蒙特和他自命不凡的博物馆式圣殿:圣米歇尔别墅却并不容易。

一八五七年出生于瑞典斯莫兰省的蒙特,来自一个都是主教和市长的家庭,家族从佛兰德斯迁居斯堪的纳维亚。他在乌普萨拉大学主修医学,十八岁时,到意大利旅行调养肺部出血。碰巧在小镇安娜卡普里逗留一天,他看见一座被废弃的教堂,旁边是属于文森佐大师①的花园,在罗马别墅的马赛克地板下,有很多古老的大理石碎片——roba di Timberio,即当地农民们所说的"提比略的物品"。蒙特意识到这个地方是提比略的十二幢别墅之一,当时当地就坚信,拥有它是一桩使命。

"我为什么不买下文森佐大师的房子呢?"他在《圣米歇尔的故事》中写道,"将教堂和房子连在一起,房子有环绕的藤蔓、丝柏树的大道,支撑着白色长廊的圆柱,还摆满了大理石众神像和黄铜的帝王雕像。"

蒙特没有回瑞典,而是在蒙彼利埃继续学业,之后又在巴黎求学。二十二岁时他已经是法国最年轻的医学博士。他富有魅力、学识和最可信的临床态度,很快成为一家时髦诊所的合伙人。他深信该让富人为穷人付费。他对神经疾病和催眠治疗的可行性特别感兴趣。

他与瑞典国王的幼子欧根·贝尔纳多特亲王是密友,亲王当时在巴黎过着艺术家式的波希米亚生活。他认识斯特林堡。他认识莫泊桑(甚至曾坐过他的游艇):事实上《圣米歇尔的故事》——它跌宕起伏的经历和阵阵超自然的气息——让人联想起莫泊桑的晚期风格。一八八四年瘟疫流行的时候,蒙特中断了拉普兰的旅行前往那不勒斯的贫困街区工作。一八八九年他离开巴黎,购买下圣米歇尔的土地,为了支付别墅的费用,他

---

① 文森佐大师,卡普里当地的木匠大师。

在罗马西班牙广场旁济慈的房子里重开了一家诊所。

在那里他的事业蒸蒸日上。威尔·米切尔医生从美国为他送来体弱多病的女百万富翁。从维也纳，克拉夫特·埃宾送来"两种性别和无性别"的精神病患者。他的诊费是天价，他广受赞誉的"疗法"可能更要归功于气候和景色的变化，而不是常规药物。他像收集古董一样收集王族贵胄。他最重要的病人是瑞典维多利亚王后，在他的哄骗下，她活得远比自己希望得要久。俄国王后渴望得到他的关注，为她自己，也为了患血友病的王储（几乎到了要将蒙特绑架到她皇家快艇上的地步），蒙特拒绝她之后，她投入了拉斯普金的怀抱。

想必曾有一段时间，这幢卡普里的别墅就像是女王与王后们的疗养院。奥地利的伊丽莎白王后不惜一切代价想买下它。后来，当贵族的数量渐渐减少，他们的继任者们又开始造访。

"至于圣米歇尔，"蒙特在给赫尔曼·戈林的信中用英文带着嘲讽写道，"如果你能从你无比繁重的职责中脱身，我很乐于将它借给你住。地方很小。我建造它的原则是灵魂比身体需要更多的空间，它对你来说可能不够舒适。"

他自己担任建筑师：他选择的风格是萨拉森-罗马风。房子是白色的，很轻盈———一座"阳光里的疗养院"———然后用世纪之交最流行的"文艺复兴"风格作为最后的修饰。（罗贝托·佩恩，卡普里的建筑历史学家，将它形容为"肆无忌惮的假冒伪劣"[①]。）确实有一个长廊，挤挤挨挨都是雕像——有真有假——

---

① 原文为意大利语。

刻着诸神与帝王,还有古老的大理石残片,有一些是从帝国别墅中抢救出来的,它们嵌在墙上像牛轧糖里的碎果仁。

他用藤架、露台和丝柏小径来布置花园。至于曾在悬崖顶端像隐修所那样遗世独立的圣米歇尔教堂,他将它改建成了帕夏凉亭式的风格,从那里他可以仰望巴巴罗萨城堡,俯瞰大港口,或是眺望海湾另一边提比略的朱维斯别墅——以及整片景色中被诅咒的污点,费尔森的莱西丝别墅。

在圣米歇尔,景色是一切:换作在帕萨迪纳或比弗利山庄,蒙特的作品最多只能换来匆匆一瞥。尽管如此,它至今都是世界上最受喜爱的房子之一,五十五年之后,《圣米歇尔的故事》依旧畅销并被翻译成大约五十种语言(韩语版的译者比我略早来过这里)。

蒙特是一个天生的讲故事好手,在他催眠别人之前,已极尽所能将自己催眠。他大力渲染的故事里,有掩埋的财宝,有疯狂,有成谜的棺椁,有俗世的僧侣、冷酷的女爵和热心的娼妓,有在瘟疫年代差点被他诱惑的修女。然而,让这本书变得无可抗拒,尤其是对英国读者来说无可抗拒的,是蒙特对鸟类与动物的强烈同情心。他曾经从一个半疯癫的美国人手里救下一只狒狒。他和一个法国施虐狂决斗时差点被杀,那人凶残地踢打蒙特的狗,导致它因伤势太重只能被射杀。他对安娜卡普里的屠夫宣战,那人用网捕捉迁徙的鸟类,并为了迫使它们鸣叫而用通红滚烫的针刺瞎它们的眼睛。最终,蒙特成功说服墨索里尼将整个卡普里变为鸟类保护区。

从文学角度来说,书中最好的故事是关于他在巴黎与罗马的经历，叙事语调是临床诊断式的冷静以及厌世的疏离，它们让人想起（除了莫泊桑之外）另一个从医生转行的作家，W. 萨默塞特·毛姆。也和毛姆一样，他的回忆似乎总是充斥着自我恭维（或者，后期时的自怨自艾）的笔调；而且整本书总体上都证明了奥斯卡·王尔德关于第一人称叙述容易犯错的警告，尤其当叙述者还是个无法自拔的幻想狂。

蒙特痴迷于提比略。据卡普里圣米歇尔基金会总监莱文特·埃尔德斯说："对我来说，他有种疾病，或多或少是被故去的皇帝迷住了。他会从长廊俯瞰，觉得他自己也是这个世界的统治者。"提比略曾在岛上有十二处住所，蒙特也必须拥有十二处。提比略收集雕像，蒙特也必须有雕像。但他不承认这些雕像来自那不勒斯的普通古董商或者别的地方，而是更情愿将他的"发现"遮上神秘的面纱。

他喜欢暗示说那尊利西帕斯的赫尔墨斯铜像（就放在长廊尽头，那不勒斯市为感谢他在瘟疫时期提供的帮助而赠送给他）其实不是复制品，而是原作，由他一个心怀善意的爱慕者特意偷梁换柱从博物馆拿了出来。

另一次他"感觉"有张脸正从海面注视他，当他将望远镜聚焦在海滩边一块浅色小点上时，发现那是一尊大理石美杜莎头像，现在它正挂在他书桌后面的墙上。还有巨大的隼头荷鲁斯雕像："我见过的最大一尊，"他写道，"由某个罗马收藏家从法老的土地上带来此处，或许是提比略本人。"然而这件物品，以我的判断来看，是出自开罗集市的标准赝品。

二十世纪二十年代，蒙特的生活进入英国主题。第一次世界大战期间，他和英国红十字会在佛兰德斯共事。一九四三年，害怕德国人可能会入侵意大利，他前往斯德哥尔摩（在同一架飞机上的还有库尔齐奥·马拉帕特，他作为记者前往苏芬战场前线）。他没有再回来。他的朋友古斯塔夫五世为他在王宫里提供了一套房间，一九四九年二月十一日，就在那里，他梦想着南方，离开了人世。他一心要让圣米歇尔成为他个人的纪念馆，所以将它遗赠给了瑞典王室。一块纪念碑上写着："永远纪念亚克塞尔·蒙特博士。他的一生——是人道主义的完美光辉楷模。"现在这个地方挤满了游客，而且保持着诊所般的整洁。

如今，没有多少岛民还记得那个老医生，他在镇上转悠时会穿着破旧的衣服，以标示自己和"先生"的不同。不过，我还是收集到了以下信息：

一位身份显赫的夫人说道："他永远不知道满足。我们叫他'山羊比利'！不仅仅是这个原因！他闻着有种可怕的味道。"

一位那不勒斯王子说："那是一种糟糕的交叉。用英语你们怎么说来着？糟糕的混合物！大半个安娜卡普里都是他的后代，他们都长着红头发和马脸。有时你会听到小孩们大喊：'马脸！''马脸！'——你就知道他们是在朝着蒙特的私生子喊叫。"

安娜卡普里市政厅那位无所不知的年轻历史学家说：他是双性恋。[1]

另一边，支持蒙特的派别则故意压低音量，虔诚地列举他的善举。在安娜卡普里，我遇到了这样一位自报家门的"蒙特

---

[1] 原文为意大利语。

派",他在圣米歇尔的花园里东奔西跑,指出这个或那个是"典型的蒙特式细节",还有瑞典王后爱犬的坟墓。我在别处做过些调查,这让他非常不悦。

"他们一无所知。"他生气地说,"他们嫉妒蒙特。他们嫉妒他这个人还有他的成就。你必须问我。我什么都知道。"

"他是鱼一样冷的人吗?"我问。

"鱼?"

"是指冷漠的意思。"

"他既热情又冷漠。他是一切。"

"他在哪方面吸引你?"

"他很有意思。"

"但为何说他有意思?"

"他是生物学的先锋。他去找墨索里尼阻止人们屠杀鸟类。"

"还有呢?"

"他是美的创造者。"

"在哪里创造?"

"他创造了这里。"

库尔齐奥·马拉帕特是一位非常奇怪的作家,而他于一九三八至一九四〇年间在孤独的马苏洛岬角上建造的别墅,则是西方世界最奇怪的住所之一。

是荷马的船搁浅了吗?一座现代的波塞冬祭坛?属于未来的房子——或者属于史前?超现实主义的房子?法西斯主义的房子?还是一个来自疯狂世界的"泰伯利亚人"避难所?这房

子属于外表衣着考究的绅士和专业的小丑，一个淘气的意大利人——就像朋友们心目中的马拉帕特，抑或属于一个隐蔽在面具之下的忧郁的德国浪漫主义者？它是苦行者的纯粹之屋？还是不知餍足的卡萨诺瓦饥渴的私人剧场？我们知道的是，马拉帕特要求他的建筑师阿达贝托·利贝拉为他建造一座"像我一样的房子"（casa come me），它将是 triste，dura，severa 的，即像他希望自己能够成为的样子："悲伤、顽强与严苛"。他的信签用黑色粗体大写的"CASA COME ME"作为抬头——确实，这座房子就是其所有者的传记，直至最微小的布尔乔亚式细节。

库尔齐奥·马拉帕特出生于一八九八年，受洗时名为库尔特·苏克特。他的父亲，艾尔文·苏克特是个暴躁易怒的小纺织品制造商，来自萨克森，后来在佛罗伦萨附近的普拉托定居，并娶了一个佛罗伦萨女子。

库尔特在他早期的照片中，是个时髦美丽的黑发年轻人，以布隆奇诺某些肖像画中那种嘲讽和倨傲的姿态面对着相机。到一九一三年，他已经是佛罗伦萨红外套咖啡厅的常客，在那里，莽撞的知识分子们高声呼吁要采取行动，任何行动，在一个如此安于和平的欧洲，已经到了应把和平看作不道德的存在。战争爆发后，他加入了加里波第的军团，并在奥地利战线的作战中脱颖而出：就像海明威（比他小一年）一样，然后在兰斯市附近的比利格尼作战，当时有近万名意大利人被杀，而他本人的肺部被汽油弹损坏。

战争结束后，他成为一名记者和法西斯主义者。他参加了

"进军罗马"运动①，并为第一份《法西斯知识分子宣言》签名。

意大利共产党的联合创始人安东尼奥·葛兰西在那时认识了他，并对他的追名逐利、无尽虚荣和变色龙式的势利做了严厉的判决："为取得成功（他）什么坏事都做得出来。"苏克特在一九二五年读了一本十九世纪的小册子，其中有一部分名为《马拉帕特与波拿巴》②，于是改了自己的名字。

马拉帕特自认是"行动派男人"而不是 E.T. 劳伦斯或者安德烈·马尔罗这样的类型。他拥有同样的自我推销和撒谎吹嘘的天赋；然而到关键时刻，他选择的角色却不是参与者，他选择的角色是文学窥探者。

他从一开始就敏锐地察觉到了墨索里尼运动残酷的荒谬性。他带腐蚀性的幽默感，永远无法抵制嘲弄当权者的诱惑。当他嘲笑墨索里尼选择领带的品位时，隐忧第一次出现。这位党魁将他宣到基吉宫的办公室道歉。然后，会面结束时，马拉帕特在穿过冰冷大理石地板时转过身来，说道："准许我说最后一句为自己辩护。"

"说吧。"墨索里尼抬起眼睛。

"今天你也戴着条可怕的领带。"

马拉帕特热爱公主和贫民，他憎恶同性恋者和自己无趣的出身。他是个极精于打扮的人。（我曾和他的故友之一西利尼亚

---

① 1922 年 10 月 28 日，墨索里尼因为不满法西斯党在 1921 年的意大利国会选举中只取得 105 个议席而号召 3 万名支持者进入罗马的事件，成功令当时的意大利国王伊曼纽三世任命墨索里尼为首相。
② Malaparte（马拉帕特）拆开后，意为"好的部分"，而 Bonaparte（波拿巴）则意为"坏的部分"，马拉帕特选择这个名字，自诩为拿破仑的反面。

诺王子，讨论过他究竟是用润发油、凡士林还是阿根廷的高米纳发蜡来涂抹头发。）他能用自己的故事将满屋子的人催眠，而那些作为他保护人的位高权重的法西斯分子，暗地里乐于听到党魁被嘲笑。一九二九年，和帝国并不交好的议员、菲亚特公司总裁乔瓦尼·阿涅利聘用他担任阿涅利家族创办的报纸《新闻报》的主编。

直到他被强行解雇，两年时间里马拉帕特一直将这个职位当成他的狙击点。

他发展出一种理论，认为二十世纪的战争和革命远非资本主义固有矛盾的产物，而是资产阶级自我厌恶和互相嫉妒加剧的结果。俄国革命是欧洲式的现象。列宁不是新一代的亚洲成吉思汗，而是一个"胆小而疯狂的"资产阶级公务员，一个小人物，和他一样有部分德国血统。

法西斯强行让他离开《新闻报》之后，他将自己的理论总结到了一本小巧而精彩的册子[①]里，一九三一年在巴黎出版。最终章写于纳粹在德国掌权前两年，标题很吸引人——《一个女人：希特勒》：

> 那个肥胖而爱吹嘘的奥地利人……有强硬而猜忌的双眼，坚定的野心和愤世嫉俗的盘算，和所有奥地利人一样，对古罗马的英雄们心怀特定的喜爱……
>
> 他的英雄，是穿阿尔卑斯背带短裤的尤利乌斯·恺撒……

[①] 即1931年出版的《政变术》一书，书中马拉帕特将批评的矛头指向希特勒和墨索里尼。

> *希特勒是墨索里尼的一张讽刺漫画……*
>
> *希特勒的精神极为女性化；他的才智、野心，甚至意志力都没有什么男子气概……无论是政治的、道德的，还是智力的，从任何角度来说……专政……都是最彻底的嫉妒形式。*
>
> *希特勒，一个独裁者；德国应得的女人……*

这一切都没有让他获得党魁的青睐，用马拉帕特自己的话说，"希特勒要我的脑袋并得到了它"。一九三三年，他出于勇敢或者受误导而从巴黎回来，被指控在国外进行反法西斯活动，遭逮捕，被殴打，然后被关进珂利女王监狱，并像一些不光彩的罗马帝国议员一样，被判流亡利帕里岛五年。

在那里，他由意大利宪兵看守，当他阅读荷马和柏拉图的原著时，屋外的海浪拍打着灰色的火山岩海岸。照片里的他穿着整洁无瑕的白色衣服和灯笼裤，但没有穿袜子，像个中年斗牛士那样皱着脸，抚摸着他最爱的小猎犬：

> *除了狗，我无人可以交谈。夜晚我走上海边这幢悲伤住所的阳台。我附身到栏杆外，高喊艾尔洛，它是我的狗菲波的兄弟。我高喊乌尔卡诺、阿波罗，还有斯特隆博利——所有狗都有古老的名字……它们是我渔夫朋友们的狗。我在阳台上停留好几个小时，向着狗号叫，而它们吼叫着回应我……*

马拉帕特极好地利用了这五年的流放:"太多大海,太多天空,岛屿太小而我的灵魂太躁动。"事实上大约一年之后,他的朋友加莱阿佐·齐亚诺,也就是墨索里尼的女婿,成功将他转移到了伊斯基亚,接着又转移到马尔米堡,在那里,他和菲波一起住在别墅里,过着愉快的生活,有各种娱乐,能使用部长级的阿尔法-罗密欧轿车,还用假名坎迪多写讽刺文章。墨索里尼犯下的所有过错,都不是怀恨报复,却又全透着荒唐可笑。私下里,他似乎欣赏过马拉帕特——但被迫屈从于德国人。

流亡一结束,马拉帕特就在马尔米堡买了自己的房子,希尔布兰特别墅,那是为一个德国雕塑家盖的房子,屋内有勃克林的壁画。然后他创办了偏好超现实主义的文化评论刊物《前景》,发表过庞德、安德烈·布勒东、阿尔贝托·莫拉维亚、马里奥·帕兹、德·基里科和保尔·艾吕雅的作品。

在埃塞俄比亚战争中,他作为战地记者前往非洲。总体来说,墨索里尼并不是不喜欢他的新闻快件。他还写下了一系列自传性质的奇想式文章,标题都是《像我一样的女人》《像我一样的狗》《像我一样的土地》《像我一样的圣者》。而且以某种神秘的方式,他赚到了数额巨大的钱。他从一个卡普里渔夫手里买下了马苏洛岬角,说要在那里养兔子,却聘请利贝拉盖了一座"像我一样的房子"。

从"像我一样的房子"里能看到壮丽的海洋、天空和岩石,旨在满足他"对空间忧郁的向往",同时也以他自己的浮夸方式,再现了在利帕里岛的流放生涯。它将成为一座修道院——为独自面对过独裁者们的这个男人建造的掩体——一座

casematta①,是"碉堡"还是"疯人院",取决于你以何种方式理解这个词在意大利语中的意思。它是一座机械时代的房子却仍然保留着地中海地区最古老的价值观。不同于古希腊阿波罗神庙,带树林、石柱和自上覆盖而下的天花板,这幢房子就像米诺斯圣殿,将从海平面上升起。

墙壁是暗红色的,窗户像邮轮的窗户,还有一个楔形的坡道台阶,以一种神圣的姿态,通往露台的屋顶。每天早上马拉帕特都会按习惯在这里做一套体操,独自一人,此时,爱慕着他的女人们会从高处的悬崖上注视他。

屋内,在高处的楼层,是刷成白色的空旷的中庭会客室,石头地板上散落着羚羊皮。长长的山羊皮沙发上松松垮垮地盖着亚麻布。波浪边的米诺斯式桌子安置在水泥柱上。还有巨大的"法西斯式的"木质裸体雕塑,出自佩里克莱·法齐尼(Pericle Fazzini)之手。透过壁炉的平板玻璃,客人们能看见火焰后面的大海。

再上面是作家自己的房间和"挚爱之屋",每一间都带由灰色条纹的大理石盖的浴室,适合谋杀阿伽门农②。马拉帕特似乎将性当成某件庄严而神圣的事。在"挚爱之屋"中,双人床被摆放在镶有嵌板的毫无装饰的墙边,看上去像西多会修道院的祭坛。书房也是一样,除了彩陶壁炉,埃塞俄比亚妇女的画像

---

① 意大利语,意为掩体,隐秘的炮台。
② 阿伽门农在希腊神话中为迈锡尼国王,为称霸爱琴海而发动特洛伊战争。战争结束后回到家乡,因记恨阿伽门农在战争中以长女伊菲革涅亚献祭狩猎女神阿耳特弥斯,他的妻子克吕泰涅斯特拉在阿伽门农洗完澡走出澡堂时将他杀死。

以及画着俄耳甫斯七弦琴图案的地砖，都有种仪式的味道。就是在这个房间里，在一九四三年九月，马拉帕特完成了《完蛋》，"（我）那风格极度同性恋又令人毛骨悚然的书"，这本书让他在意大利之外享有盛誉。

墨索里尼宣战的时候，齐亚诺建议他的朋友从军。于是，作为第五阿尔卑斯山地旅的上尉，马拉帕特先是目睹了意大利人入侵希腊，然后在俄罗斯前线为《晚邮报》做报道。他凭借自己的魅力或恭维的手段得以进入纳粹高层社交圈。在克拉科夫的维斯杜拉河上，他和帝国部长，人称"波兰屠夫"的弗兰克共进晚餐，并断言，弗兰克将成为波兰的俄耳浦斯，会"以艺术、诗歌和音乐赢取人民的心"。马拉帕特设法潜进华沙的贫民区并用某种含糊其词的方式报道了自己的见闻。他随装甲师入侵乌克兰，目睹了那里毫无意义的战争暴行。

他的文章，通过瑞典同步发往世界各地，从一开始就暗示德国注定失败。盖世太保勒令要将他免职，甚至实施更糟糕的惩罚。但墨索里尼，已经在希特勒的阴影下坐立不安，允许他前往芬兰报道苏芬战争。一九四三年夏天，听闻党魁倒台，马拉帕特从斯德哥尔摩飞回意大利。待美国人抵达那不勒斯的时候，他已经镇定自若地坐在"像我一样的房子"里写作。

在《完蛋》一书中，马拉帕特为德军占领的欧洲呈现了一种美学观点，将它形容为某种巨大而邪恶的死亡之舞画卷。其效果，至少可以说很令人不安。他的视角永远有失偏颇，并总是模棱两可。语调是超现实的，或者说，像纳粹一样，很媚俗。有些时刻，仿佛达利想象中的画面终于找到了真实的主题，比如在一个场景中，马拉帕特和希姆莱一起洗桑拿，或者在游击队的促成之下，拜访克罗地亚的 Poglavnik（军事总督）：

> "克罗地亚人民，"安特·帕韦利奇说："希望被良善与正义统治。我就来这里提供这些。"
>
> 当他说话的时候，我凝视着总督桌上的柳条篮。盖子被打开了，篮子里仿佛放满了贻贝，或者去壳的牡蛎——它们有时会像这样被陈列在伦敦皮卡迪利广场福特纳姆梅森百货的橱窗里。卡塞塔诺，一位意大利外交官，看着我眨了眨眼，"你想吃美味的炖牡蛎吗？"
>
> "它们是达尔马提亚牡蛎吗？"我问总督。安特·帕韦利奇取下盖子，露出里面的贻贝，那一堆黏糊糊的啫喱状的东西，他带着微笑，带着他那温和的微笑说道："这是一份礼物，来自我忠诚的乌斯塔什①成员。四十磅人眼睛。"

现在，在我心目中，"四十磅"和"福特纳姆梅森"②既恶心又虚假。无论《完蛋》在初次阅读时显得多么诡异，它肯定不能算小说或者回忆录。《完蛋》的续集《皮肤》也是如此，该书有同样自我吹嘘的基因，讲述的是他为意大利军队与新结交的美国盟友担任联络官的工作经历。这次的场景，被设置成残虐

---

① 乌斯塔什（Ustasha）是安特·帕韦利奇于1929年成立的恐怖组织。帕韦利奇在执政的4年内实行恐怖统治，屠杀了上百万塞尔维亚人和成千上万的犹太人。乌斯塔什主要负责惨无人道的虐杀行动。
② 四十磅（Forty pounds）与百货公司的名字福特纳姆梅森（Fortnum and Mason）首字母押韵。

成性的"南部巴洛克风格"。

《皮肤》是国际畅销书——除了不被那不勒斯人和卡普里人喜欢，他们觉得自己受到了通敌者的恶语诽谤，并让他在岛上的日子过得极不舒坦。他加入了共产党，幡然醒悟，决定移民法国。

那里的日子并没有过得更好。他厌恶巴黎知识分子圈内的气候，加缪和萨特正呼风唤雨。他写了一部关于普鲁斯特的戏剧，另一部是关于卡尔·马克思在伦敦，都被嘘声赶下舞台。他回到意大利拍了部成功的电影。人们记得他出席罗马的文学聚会，身穿剪裁精良的棕色斜纹呢外套，臂弯里揽着一个安静又男孩子气的女孩。他开始发胖，计划骑自行车从纽约前往洛杉矶。最终，在一九五六年，他去了苏联和中国，在那里写下清醒冷静的报道，看得出来，他本可以成为全新的另一种作家，没必要总是占据万事万物的中心。

十一月十一号，星期天，他在北京发烧病倒。照顾他的医生说："你感染了一种微小的中国细菌，它让你……得了一个中国小感冒。没什么要紧。"那是难以治愈的肺癌。在临终前，他皈依了天主教并获得最后的宽恕。

"他那祈祷的样子！"西利尼亚诺王子说，"他向耶稣祈祷……向庞贝的圣母祈祷……还向列宁祈祷……但是他在痛苦中死去！"

或许是出于对卡普里人的怨恨，他将"像我的房子"留给中国的艺术家们使用。他的家人对遗嘱提出异议，并拿回了房子。最近成立了马拉帕特基金会，其职能我并不十分清楚。我参观的那天，房子里都是慕尼黑来的艺术系学生。

我还遇到一个当地人，他说马拉帕特曾是共产党的大头目。

"你看不出来吗？"他说，从悬崖上俯瞰矩形的屋顶和弯曲的混凝土防风墙，"他将房子盖成了锤子和镰刀的形状。"

一九八四年

物品的道德

今天上午,我们聚集在一起,在雕像前低头膜拜。但如果《旧约》的先知在场,他会厉声疾呼:"手拿开!尔等不可贪恋物品。"古代以色列的族长们住在黑色的帐篷里。他们的财富就是牧群。季节迁徙的时候他们在部落的土地上来回移动。他们因抗拒艺术品而知名。他们可以像冲进巴尔的神殿那样冲进美术馆,然后划破目力所及的每一张画作。这样做,并不是因为他们无法将画装进马鞍袋带走,而是出于道德的缘由。因为他们相信图像将人与神分离。崇拜图像是定居者的罪孽,对金牛犊的膜拜满足的是会对埃及炖肉锅长吁短叹的情绪化的弱者。像以赛亚和耶利米这样的先知记得在那个时代,他们的人民属于顽强的个体主义种族,不需要借图像获得慰藉。因此,他们谴责神的孩子将圣殿变为雕塑画廊,并建议实行蓄意破坏以及回归帐篷的政策。

难道我们不都渴望扔掉我们的祭坛并摆脱我们拥有的物品吗?难道我们没有冷漠地凝视着我们的杂物说:"如果这些物品表达我的个性,那我厌恶自己的个性。"从表面看来,它们对生活的助益不是和艺术品一样吗?人们会厌倦它。不能拿来果腹。也不能拿来暖床。人们守护它,即使在它变得无趣之后很久,依旧觉得有义务要欣赏它。我们牺牲行动的自由以成为它们荣幸的守护者，最终成为被它们禁锢的奴隶。所有的文明本质上都"以物质为本"，它们的长治久安遭遇到的主要麻烦是必须在积聚物质的渴望和摆脱它们的渴望之间不断达成新的平衡。

但物品有办法将自己融入人类的全部生活。有些人比其他人吸引更多的物品。但无论多么奔波迁徙，没有人能做到一无所有。黑猩猩把小木棍和石头当作工具，但它不会保存财物。人类会。而且他们最无法割舍的物品往往不具备实用的功能。相反，它们是象征符号或情感依托。有个我想问的问题（未必能作出回答）是："为什么人类真正的珍宝都毫无用处？"如果我们能理解此事，我们或许也能理解艺术市场复杂的流程惯例。

真正热爱物品的人——即我们所说的，有品位的人——通常会谴责那些用吃鸡蛋一样的心情购买艺术品的庸俗之人。他们指责这种人搜罗艺术品只为买到对他学识的尊敬，却不用为获得知识而付出艰苦努力，或是让别人通过他拥有的物品投射出的倒影来仰慕他。但弗洛伊德和精神分析师们对这些停不下手的收藏家有更为不堪的影射。他们暗示，真正的收藏家是生活中的偷窥狂，不断填充的物品保护他不受所爱之物的伤害，他对物品具有最温柔的情感，对人却冷若冰霜。他是经典的冷漠如鱼。他汲取昔日的活力来弥补当下的虚弱无能。他用防御性的狂怒来保护自己的物品不被威胁他的人狼抢走。（我们应当回想起卡尔·马克思的洞见，相比人民流血成河，破坏水泥砖瓦会更让资产阶级灰心丧气。）换句话说，收藏家逐渐发展出一种道德体系，他将人摒弃在这个体系之外。我们可以称之为物品的道德。

获得一件物品的过程本身就是一场寻找圣杯的冒险——追索，发现猎物，决定购买，牺牲财富承担风险，未知的阴云（"是假的吗？"），打包装箱，踏上回家的旅程，拆包装的欣喜若狂，想要的物品映入眼帘，那天晚上他不会和任何人上床就寝，而是保持警觉、凝望、爱抚、仰慕他的新欢——伴侣、爱人，但很快就会令人厌烦，当另一件更想拥有的物品取代它在我们心头的位置，它就会被厌弃或被售卖。

我经常留意到，真正杰出的收藏中，最好的物品会将很多守护天使召集在自己床边，而床本身很狭小。真正的收藏家为毫无生命的爱人们安置尸体，得以支撑起生活的废墟。以外科手术般精准的自我剖析，马里奥·帕兹在他的《生命之屋》一书中说道，人永远都不可靠。人们应该让自己处于物品的包围之中而不是人，因为它们从不让你失望。

因此，艺术收藏是应对失败的绝望之策，治疗孤独的个人仪式。艺术品市场是这种个人信仰的公开层面，带着明显的不理性，似乎无视任何已知的商业规则。它让商人沦为容易受骗的信徒，让彩虹尽头捧着一罐子黄金的农民显得理智清醒。想象一场重要的国际艺术品拍卖会。它不就是某种季节性的礼拜仪式吗？一个没有专业知识的旁观者或许会以为自己在参加一场神秘的爱情仪式。他会看到祭坛、讲坛、弥撒经书、布道的祭司、他的随侍、分发的圣餐、湿滑的道路上无数小心翼翼的脚步声，但很少有人会中选。祭司爱人与他的追求者们之间那难解的情结，或是引诱者与被诱惑者之间，紧张的期待，深奥的命理，飞升的价格，渐强，无法喘息，然后（砰！）达到高潮。

艺术收藏是一种颓废堕落的现象，这话我们已经听得耳朵长茧。作为清教徒式的回应，有些时候人们会放弃藏品。无论是哪种收藏，付出都会有到达收益递减点的时候。而且，审美常常会受到暴力的致命吸引，其原理就是施暴者通常会欢迎并主动要求破坏者来粉碎他的私人世界，期望着，一旦他摆脱了物品，就能获得自由。

此类事件似乎正在美国上演，我们在注视总统时感觉到的不安和我们在注视博物馆时感到的不安，是出于同样的理由。自古埃及和美索不达米亚的祭祀官僚制出现以来，上层阶级就将珍贵的物品收入仓库。财宝的规模作为一种象征，能证明部落、城市或国家的权势。因为权力永远通过权贵们掌握财富的能力得以体现。各种揭幕仪式、展示严密把守的财宝，技术专家和金主们，参观专区的贵宾，以及表面看来可以在博物馆获得教育的不那么尊贵的公众，这些都让美国的博物馆成为其国家的体现。但教育，纽约大都会博物馆的前总监曾下过这样的定义：是一门"将假珍珠投掷在真猪面前的艺术"。它往往旨在将人教得彻底一无所知。

多年来，美国博物馆公开演示着金钱的力量。随着城市越来越肮脏，博物馆变得越来越光鲜。在某些人眼里，近期大都会博物馆的修葺似乎公然藐视了市政府的贫困计划。但老生常谈的呼声"我们不能吃石头"还是被曲解并忽视了。克利夫兰博物馆的新馆由马塞尔·布劳耶设计，与其说是展览空间，不如说是一个坚固的掩体。出于心理上的需要，室内展览的东方物品越是精致，它们就在黑色石头洞穴中被埋得更深。而在室外的公园里，树木和孩童们大口呼吸着空气，泉水和池塘漆黑油亮，或许一点就着。

这样明显的差异让人反对艺术，尤其是贵重的艺术。艺术家们起初创造的都是不出售的毫无价值的物品。如今一群七嘴八舌的批评家加入了进来，他们一搭上艺术的便车，就发现随时下车也很便利。某天，一位著名的纽约评论家宣称，根据他的经验，被艺术吸引的人——根本不用说——都是心理变态，无法分辨对与错之间的差别。

为什么说是心理变态？因为某些观点认为，艺术品是欢愉与力量的源泉，是拜物者们迷恋的对象，如果幼年的普鲁斯特没有得到母亲的吻，与母亲的皮肤接触一旦被拒绝后，艺术品就可以在受过创伤的个体心中起到替代作用。艺术品，皮具，橡胶制品，靴子，镶褶边的裙子，或是震动的马鞍，都是对失去的"裸身穿着衬衫的母亲"[1]的补偿。

"恋物癖（fetish）"一词源自葡萄牙语，fetiçio（巫术），这个词暗示某样东西很神奇或者有魔力，并附带着这东西虚饰而虚假的意思，就像"化妆"。"拜物教"(fetishism) 最早的使用者是位非常敏锐的法国人，他被称为德布罗斯总统[2]，一七六〇年，他形容道："非洲黑人迷恋地球上某些特定的物品，这种崇拜，或许和对星星的崇拜一样古老，我将这种崇拜称为拜物教。即使在最初的语境中，它与黑人的信仰有关，但我准备将它用于

---

[1] 原文为法语。
[2] 德布罗斯（Charles de Brosses，1709—1777），法国历史学家。

所有将动物或非生命当作圣物并赋予某种神圣品质的民族。"他补充说，这些物品各不相同，从雕像到树、牛、狮子尾巴，石头、贝壳，或者大海本身都有。每样东西都逊色于神，但都具有某种值得崇拜的精神。

德布罗斯总统是启蒙运动的代表人物。他对这种幼稚的拜物主义崇拜不以为然。当然，他没能留意到自身所处的殖民主义文明中存在对利益的癫狂，这让处于婴儿期的拜物主义又更进一步。其他讨论拜物教的作家中包括奥古斯特·孔德，他认为这是一个所有种族必经的宗教阶段；对于黑格尔而言，这是贫穷的黑人无法摆脱的困境；对卡尔·马克思来说，"对商品的迷恋"是与资产阶级的资本主义分不开的，但一旦工人大众掌握了富人的财富，它就会蒸发为共产主义的大和谐。最后我们来看弗洛伊德的理论，他认为拜物主义对物品的依赖根植于个人的精神机能障碍，实际上是一种变态，而变态就可以被治愈。

弗洛伊德说出了拜物主义某些极根本也极深层的特性。如果我们能彻底了解它深层的重要性，我们或许会发现它毫无意义，又或许可以为我们所有的经济和道德困境提供解答。他说："恋物取代的是孩子不情愿放手的母亲的阴茎。"他还说，"这些替代物可以与野蛮人选择的神的替代物做有意义的比较。"他以此暗示，野蛮人对棍棒、石头、母牛或大海的崇拜，和其他人对梅森瓷像、克利姆地毯或者摩托车的痴迷，有着同样的心理过程。即使我能更好地理解弗洛伊德的理论，我也不指望能将他错综复杂的各种情结以及他认为所有恋物癖都扎根于对性器官和异性的恐惧这一论点阐述清楚。但我们应该顺带提一下,从古代西伯利亚萨满到现代艺术家,这些创造者都很容易有性困扰,还有和母亲关系明显不好的男人比女人更容易成为艺术家且更为成功,关于这些问题,弗洛伊德确实提供了一个非常引人入胜的见解。当他谈到恋物癖者对触碰的高度敏感,我们不得不联想到贝伦森先生[1]所说的"触觉的价值"。

我建议我们不要将自己沉浸在弗洛伊德的理论中,而是接受一个事实,那就是人类婴儿在生命最初的至少十五个月时间里,需要母亲和她的乳房能及时又长久地陪伴在身旁。如果这种陪伴停止,孩子转而用其他物品替代母亲,结果未必是致命的,但也会培养出不同的性格。哈洛的团队,一群动物行为学专家,研究恒河猴并发现如果它们抓握反射仅仅是针对没有生命的物体,比如机械母猴,长大之后它们的社交能力就会被彻底干扰——内向、乖僻、邪恶、自私得毫无指望。塔维斯托克诊所的约翰·波尔比医生在被母亲遗弃的孩子中也发现了一种类似的模式。如果很年幼的孩子,被切断了和母亲之间极为紧密坚固的关联,一开始会哭得伤心欲绝,接着会转为抑郁的绝望,但随即,突然之间,他会冷静下来,动用智力对周遭的环境产生兴趣——尤其是对各种物品,泰迪熊、拨浪鼓、糖果,或任何形式的娱乐。这种生动而急速增长的兴趣总是让孩子的监护人感到宽慰,因为孩子显然已经从母亲不在的悲伤中恢复过来。波尔比坚持认为实际上无法弥补的伤害已经造成,因为

---

[1] 即伯纳德·贝伦森,美国艺术史学家,精于文艺复兴时期艺术品的研究,20世纪初,他掌握着欧洲艺术品在美国的流向。

当母亲回来时，尽管孩子依旧会开心地迎接母亲，但他的举止中有种木然的冷淡，将她当成用更多物品娱乐自己的提供者。如果情况是这样的话，愉快地和玩具玩耍的孩子将来就会做出更多拜物的举动来，是当今那些恋物市民的雏形。幼儿护栏是文明囚笼的缩影。

但为什么情感纽带会如此紧密？为什么所有的小孩都必须紧紧黏着他们的母亲？为什么为了变得成熟又必须迅速和母亲分开？如果我们从生活于城市甚至小土屋的角度来审视这个问题，不会找到答案。相反，我希望你接受一个事实，我们所有的情绪本质上都具有某种功能，但在理解它们之前，我们必须先将它们与早期人类的行为做交叉比对。我还希望你能认同的是：我们的种族是在温和的气候中进化的（这也是我们不长毛的原因）；我们是抓捕猎物的猎手也是采集蔬菜的收集者；季节的挑战迫使我们每年都要迁徙（这就是为什么我们会长途阔步行走而我们原始的表亲却对之一无所知，也是我们会把人生比作漫长旅程的原因）；我们的双手已经进化成我们必不可少的工具——悬索和长矛，斧子和篮子，没有它们，我们会茫然无措；理想情况下，除了能轻易携带的物品外，一个人不应该拥有其他东西；人类社交活动的基本单元不是狩猎关系，而是共同抵御猛兽的防守联盟，我们与之分享灌木丛（仅此一项就能解释为什么孩子做噩梦的时候都是古生物学专家，以及为什么我们仇恨的对象总是野兽或者野兽一样的人类）；最后一点，这种古老的生活尽管充满危险，但却是黄金时代，我们对之怀有本能的眷念，我们总想在精神上回归。今天的塞伦盖蒂比起它在更新世早期的危险度,可以说是安全无害,但如果一个母亲让她的孩子独自一人,我不相信二十分钟以后她会发现孩子还活着。在非洲大草原的背景下,我们就能理解孩子紧贴着母亲有何功能:母亲的乳房不仅仅是食物来源,还是某种可以依赖的存在;一个号哭的婴儿想要重新回到幸福中,他必须走在母亲的身侧,而她自己也正在进行每天的迁徙,绝望地寻求帮助的尖叫是对遗弃的抗议(因为一旦母亲离开孩子就等于谋杀了他),后来他冷漠地迎接她的归来,不过是他在练习报复。我们也能理解,为什么在面对未来可能出现的危险时,一个男孩为什么必须学着离开自己的母亲,用老话来说,独立自主。

但为什么要依恋物品呢?艺术作品真的能补偿被遗弃的痛苦吗?如果你偏爱哲学胜过其他,那弗洛伊德关于恋物主义的理论就没有问题。但它并不能帮助我们走很远。它可能有助于理解一些更痴迷的收藏狂热。但获得具有象征意义的物品并不是一种变态,因为每个人都会这么做,无论有没有被遗弃的创伤。如果他们所谓的"原始"后代们的行为是有依据的,那早期的人类也会花费大量时间讨价还价、以物易物,以同样的热忱与荒谬送出和接受其实根本无用的东西。

艺术就像语言,是一种交流系统。但和语言不同,它跨越了语种和文化的壁垒。向一个爱斯基摩人展示委拉斯凯兹的画,他起初会无视它。但他也同样可以学着领会画中的精妙之处,要比他学会欣赏贡戈拉的十四行诗快得多。"艺术,"切斯特顿曾说,"是人类的标记。"此外,一种艺术风格也是一位特定艺术家的标志,透过它还可以看到他创作的时代。

当我学习史前考古学时，我们被鼓励仔细研究过去的物品，测量它们，与其他物品做比较，记录它们的年代。但当我们猜测创造它们的人有怎样的性格和信仰时，这样的推断是投机的、感性的、不科学的，因而不获肯定。悲哀的是，对于史前学家来说，史前宗教已经无法被复原。对他来说它已不是问题，也不值得关注。但情况也并非如此绝望。感谢罗夏和其他测验，我们开始能够通过一个人创造的甚至喜欢的东西，去确认他的性格或是心理活动。艺术品就是心理学家所说的认知图，能揭示的东西要比艺术家想要表达的更多。

我已经唠叨过艺术与性别之间的关联。但首先要记住的是，不同的性别在看待事物时有截然不同的方式。比我们更简单的社会总是将男性和女性的财产区分开来，分为他的物品和她的物品。《已婚妇女财产法》可以说是种没有先例的推论。当然，在其他时期，通常能够确定不同性别分别创造了什么。唯有在二十世纪，出现了一种完全混淆的模式。

至此，我们应该也记得早期的人类并不知道存在中性的、惰性的事物。对他来说，宇宙中的万物都拥有神秘的活力并在发送讯息。石头和树就曾经常对穆罕默德这样的神秘主义者或钱拉尔·德·奈瓦尔这样的抑郁症患者说话。如果宇宙是活的，那它也一定有性别。潜意识中似乎存在一种机制，将我们体验到的世界分为对立的性别，男与女，对应着中国的阳与阴。高山、岩石和海岬应该是男性；山洞、冰隙和海湾是女性。下雨打雷、覆盖大地的天空永远是男性。大地永远是母亲。人也有无法确切预测性别的事物，比如说，太阳。对路易十四来说，太阳是男性，代表着雄性生殖力，是照亮黑暗的光亮，厘清混乱的秩序，是权力与荣耀。对阿拉比亚半岛的鲁瓦拉贝都因人来说，太阳是一个卑鄙而极具破坏力的老巫婆，她逼迫英俊的月亮每个月都要和她同床一次，使他精疲力竭，需要一个月时间来恢复。需要留意的是，一切都被划分为两种性别，非此即彼，古老的语言也保留了这个特点。希伯来语中没有中性词，而法语保留了定冠词"la"。

区分事物性别的方法也同样适用于人造的物品。一位苏格兰心理学家研究了普通学校的孩子，发现男孩喜欢柔软的圆形物品，而女孩更喜欢线形的物品，到青春期的时候，明显会对坚硬和圆柱状的物品产生兴趣。如果将这种见解运用到艺术风格中，我们希望能够确认在哪些时代女性拥有性别上的安全感，在鲁本斯画作中丰富多样的异性恋情和新石器时代小雕像的曲线中，都找到了对应的信息。相反，在一个男人统治的社会（女人被贬低或否定），我们预测会在艺术中发现线性的单调。我们就在希腊的多立克柱式、伊斯兰宣礼塔、西多会建筑，或者震颤派艺术中那些僵硬的垂直线中找到了这一特点。

这是个微妙的领域，但我们显然可以走得更远。似乎抽象设计，尤其是带有很多空白区域的对称设计，是无政府主义状态的艺术表达，在这样的社会中，社会差异就算存在也默认无需在意。如果你不将人分为三六九等，你应该也不会将物种分等级。因此，我们发现不将自己凌驾于自然界其他存在之上的人，倾向于喜欢抽象艺术。如果是这样的话，被称为"自然之民"的人却会在他们的艺术中摒弃自然，就很令人惊讶，而且会让解读旧石器时代岩画的人们极其头痛。然而，这很适宜解释游牧民族对图像的惧怕，以及为什么一次次爆发的圣像破坏运动是所有千禧年运动中奇特的组成部分。

与之相对的观点看来也同样成立。对画像的热爱在阶级社会中增长，在这种社会里每个人都知晓自己在阶梯上的位置，而且人类将自己凌驾于别的物种之上。当然我们可以在亚述帝国猎狮的帝王，拜占庭半圆形后殿中的全能者潘托克拉托尔，以及红场上列宁与马克思的超大幅画像中，找到关联。所有这些画像都将观看者催眠，陷入对更高权威的臣服之中。研究还认为，偏爱从画像中观看人物形象，表示对生活怀有游移躲闪的态度，当然，这个话题可以无止境地进行下去。

现在，我希望你接受一个观点，艺术品暗喻着对领地的确认，也是生活在该领地中的人们的表达。一尊非洲先祖的雕像，不比一幅庚斯博罗逊色，宣示着一个人、一个家族或一个部落在他们特定地区的正统地位。现在，我们都已知道了艺术收藏就是领地信息这一观点。收藏者将点连成面，就像狗在灯柱周围做标记。我们可以推测人对物品的执念，弗洛伊德将其打上了心理变态的标记，但不过是他的手段，用以标注一片可以生活其中的空间而已。物品对我们来说必不可少，没有它们就会迷失或错乱。

已故的温尼科特教授给了恋物癖另一个名称。他称其为"过渡客体"。对于我们的孩子来说，这个物品可能是泰迪熊、一角床单或一块木头。温尼科特坚持认为，必须允许孩子和物品玩耍。否则，他将永远无法形成自己的个人空间并脱离母亲在外面的世界中找到自己的位置。

如果"原始的"行为都有依据，那么温尼科特就是正确的。布须曼孩子的母亲将土地上的所有物品都交给他们玩耍，他们将在这片土地上成长。孩子触碰、嗅闻，还啃咬贝壳、花朵、动物、石子和苔藓。当他开始说话，他将自己的发现组成一系列带隐喻的关联，一一作出比较，这样就在他脑海中形成了意念的疆域。世界上语言最复杂的人种对自己的领地最为了解，这其中很有深意。达尔文几乎要把火地岛的雅甘人归纳为"次人类"，虽然他们的男孩能说的字句和莎士比亚能写的一样多。但他们的母亲从不允许他们积攒物品，只是拿一下就放手。我还要补充一点，吉普赛人，没有玩具。

我们童年探索时的场景像一片失落的天堂停驻在我们脑海，我们总是想要重新找到它。普鲁斯特关于伊利埃乡间普雷卡特兰花园（Jardin du Pre-Catalan）的描述就是完美的文学范例。但是野蛮人从不远离他婴儿时期的天堂，除非遭到强行驱逐。我怀疑，我们在制造或得到新事物上花费的时间与努力（我们将其仪式化，称之为"进步的神话"），不过是为补偿心中久已远离的那片领地。只有靠近我们的本源，才能期待一场重生。澳大利亚的原住民整年都在旷野流浪，但每到一定时节就会回到他们的圣地寻根，这片圣地是在"梦境"中建立的。我曾认识一个人，会做同样的事。

我曾感觉与朋友们疏远，并很喜欢和一个人相处，他年纪很大且十分睿智，精通伊斯兰教义。他还是某中东使馆的商务专员。有天晚上，一个大约五十五岁的英国人来到他在维多利亚的公寓，神情非常镇定自若。他的脸上没有皱纹。他似乎属于那个近乎绝迹的种族——幸福的人。他并不避世或半隐居，而是很投入这个世界。然而他的生活方式会让我们绝大多数人精神崩溃。他是一家打字机制造商的销售代表，每三个月就要搭乘飞机拜访差不多所有非洲国家。他没有亲友或牵挂。他的家当都在皮箱里，而皮箱小到能塞进飞机座椅下方，这样他就可以把皮箱当作手提行李携带。当他路过伦敦，就更新所有物品，皮箱和衣物。他似乎只拥有这些，但当我逼问他的时候，他承认拥有一个不想讨论的盒子。他说，我会取笑他。我保证不会嘲笑这只盒子，他告诉我在公司的保险柜里藏着一只黑色的锡质文件盒。里面是他的物品。一年回四次伦敦，他会睡在公司为到处旅行的推销员们准备的办公室宿舍。在半个小时的时间里，他会锁上门，把东西从盒子里拿出来摆放在小床上。它们是英式中产生活中的小摆设——泰迪熊，一战中牺牲的父亲的照片，他的勋章，国王的信，一些他母亲的小首饰，一座游泳比赛的奖杯和一只做摆设的烟灰缸。但每次他从非洲带回一件新的物品，他就会丢弃一件失去意义的旧物。"我知道这听起来很傻，"他说，"但它们是我的根。"他是我认识的人中，唯一解决了物品与自由的关系这一棘手难题的人。盒子是他迁徙轨道的枢纽，是他可以更新身份的领地固定点。没有盒子，他就会真正地失去自己的位置，导致错乱。

如果物品是领地的标记，我们应该提醒自己领地在我们以外的物种中发挥着什么作用。领地是一种动物和它的种群进食和繁衍需要的土地。在狒狒中，处于领导地位的雄性会保卫它们的领地直到让位于更强大的继任者。它们本能的战斗机制有两个不同的功能：一是保护母狒狒和幼儿不受野兽伤害；二是出于进化意识要保持健康，不让劣等的雄性狒狒繁殖并阻止它们的劣等基因进入基因库。没有领地的动物可能会变得不能生育。

现在，人类无疑已做好准备，可以杀害其他动物作为食物，并抵抗危险的野兽来保护自己。我们的肾上腺系统就可以单独证明这一点。但他不会将附近的对手们揍到屈服于自己，而是遵从"乱伦禁忌"保持健康。他将自己的种族和外来者区分开，分为内群体和外群体。外群体生活的领地为他提供女性，只有她们才可以和他有性关系。他必须在他的领地和她的领地之间标注出边界。他通过争取的方式来完成这件事，不是用拳头争取，而是用物品。他举办仪式交换无用的礼物，这些礼物的侵略性并不亚于一场武装战争。这些物品（必定有性别区分），就像我们的艺术品，是一种宣誓领地完整性的方式，并因能当作人情而用于外交。我们都知道赠送礼物是具有攻击性的，可以通过国家元首们的习惯来观察到这一点，他们真心实意地厌恶着彼此，然而依旧互赠愚蠢的装饰品。

我们经常读到英国的艺术宝藏流失的消息，语气气急败坏。将一幅委拉斯开兹出售给大都会博物馆在媒体中引发的热度，要超过把大型工业园区卖给海外投资商。出于某些非理性的原因，出售委拉斯开兹是失去了一种象征，而出售公司是屈从于普通的经济压力。想象一下，如果大都会购买的是皇冠，会有怎样的动荡不安。等于是美国吞并了英国并破坏了我们领土的完整。但如果我们出借皇冠并借来《独立宣言》，尽管这是一桩糟糕的交易，但仍会被看作两个对手之间互相示好的举动，是国家之间的友谊。正是在一对一的基础上，将具有象征意义的物品进行这样投桃报李的交换，才让人们变得友善，或者起码让他们觉得自己没有被占便宜。引用蒲鲁东的话说，财富，会被偷走，但如果我们去除所有的财富，我们就去除了让人们保持和睦的胶合剂。如果所有权和交换之间脆弱的平衡被打乱，人们就开始争斗。如果赠送礼物后得不到回礼是种挑衅，那狗会咬伤投喂它的手也就不足为怪了。

我们经常将所有的贸易看作一个系统，让必需品保持流通。我们的银行信贷系统是以物易物这一"自然"经济的变体，我拿鸡蛋换你的萝卜，这样我们都能吃上鸡蛋和萝卜。如果我们相信这一点，我们也相信艺术品市场已经将自己当作这种"自然"经济的副产品，不过是剩余和盈余。然而，这无法阻止商人将货币市场当成一场非理性的博弈。如果我们愿意关注野蛮人的行为，我们会发现没有"自然"经济，没有原始共产主义，一切都是共享的，但生活中很大一部分时间都用于冷静地交易无用的物品并为之进行自私的讨价还价。因为交易象征领地的物品要早于交易商品。在特洛布里恩德岛上，两个村落互相交易甘薯，只是他们彼此都有大量同样的甘薯。会选择甘薯是因为它们数量很多，而不是因为它们更好吃。意义在于，如果我用我漂亮的甘薯侵犯你，我是要对你宣示领地事宜，如果我们之间要保持和平，我会期待你用更漂亮的甘薯来侵犯我。

能从你那里得到一件漂亮但无用的物品是我的荣幸。但对我来说，珍藏它并对之沾沾自喜却是危险的。如果我这样做的话，就会招来我想要避免的嫉妒。而物品本身，是有生命的。它不喜欢被困住，渴望回归它的根源（抵达只为再次远走高飞）。相反，我会将这件物品转赠给别人，我想要和他有人情往来的那个人。某天他会被迫送我另一件漂亮的物品，而我会把它转赠给你——上帝啊，只求他们都有好品位！这是物品另一种很不一样的道义，在一个理想化的世界里，我们就应该这样使用我们的藏品。无论如何，艺术品市场的出现早于银行家，是件让人高兴的事。

一九七三年

附　注

第一章　"在家的恐惧"

这章的标题来自查特文最爱引用的句子之一：La grande maladie de l'horreur du domicile（在家的恐惧是种严重的疾病），出自波德莱尔的《私密日记》。这个句子经常出现在他的作品中，成为了某种主题，尤其在《歌之版图》中。

《我一直想去巴塔哥尼亚——作家的诞生》一九八三年八月二日发表于《纽约时报书评》。

《一个挂帽子的地方》描述了查特文重要的"作家密室"之一——他在伦敦的落脚点——同时也探索了作者对家的矛盾态度。这篇文章为《住宅与庭院》杂志所作，旨在引起大家对公寓设计师和建筑家约翰·帕森的关注。

《托斯卡纳的石头屋》回忆了另一间"作家密室"：格雷戈尔·冯·雷佐利那座位于佛罗伦萨近郊的中世纪信号塔。查特文喜欢"离家"写作，和朋友们住在一起，比如和格雷戈尔·冯·雷佐利在意大利，和帕特里克·莱斯·弗莫尔在希腊，或和乔治·麦利在威尔士，在他俯瞰阿斯克河谷的石头屋里，他将写作《在黑山上》的部分章节。

标题《去往廷巴克图》呼应了传言中查特文在一九七五年

前往巴塔哥尼亚时发给《星期日泰晤士报》的辞职电报："去巴塔哥尼亚六个月。"文章最初在一九七〇年发表于《时尚》杂志。(N.穆雷撰写的《布鲁斯·查特文》，赛恩出版社，一九九三年出版，第38页—39页也有关于这段历史的记录。)

第二章 故 事

在他为《我在这里做什么》一书写的引言中，查特文写道："'故事'一词旨在警示读者一个事实，无论所述之事多么接近事实，虚构创作依旧发生过。"接下来甄选的"故事"揭示了真实与虚构如何在查特文笔下以天衣无缝的叙事笔调融合在一起。

《牛奶》的灵感显然来自查特文的非洲笔记本，发表于《伦敦杂志》一九七七年八月—九月刊（一九七九年再次发表在《伦敦杂志故事集》）。

《法国的吸引力》于一九九三年由扉页出版社于查特文逝世之后出版。原稿没有标注日期，手稿在作者去世后才被发现。这篇文章是根据笔记本中记录的真实生活片段进行的虚构创作。查特文公开宣称自己是个亲法派，这个标题表达了他对法国文学和文化的热爱。

在《马克西米利安·托德宅邸》中，查特文探索了痴狂收藏家的心理世界：这一自传性质的主题将在《物品的道德》一文中再次出现。大约十年之后，它将成为他最后一本小说《乌兹》的主题。深具意味的是，托德（Tod）一词在德语中意为"死亡"。故事于一九七九刊登在《周六晚读者》，W.H.艾伦出版社出版。

《贝都因人》或许是作者的轶闻故事中最简短也最精炼的一篇，或可称为"微缩模型"。查特文在《歌之版图》名为《笔记本》的章节中介绍了同一故事的不同版本。

第三章 游牧，另一种选择

这部分由三篇独立的文章组成，它们探讨的都是游牧的本质。作者写了本"无法出版的"关于游牧民族的书，如果它得以面世，这三者结合在一起或许最接近该书可能的样貌。根据第三篇文章《这走啊走的世界》中的一条注释来看，这书本该由乔纳森·凯普出版社于一九七一年出版。查特文在他的作品中屡次暗示这部书稿的存在，但后来似乎将手稿销毁了。

《致马斯库勒的信》。这封之前并未发表过的信写于一九六八年，编辑想看查特文计划要写的那本关于游牧民族的书的摘要，这封信是回复。它促成了和乔纳森·凯普出版社的一纸合约，原来的书稿被遗弃后，合约移交至《巴塔哥尼亚高原》的手稿。查特文的"游牧邮件"预示了一系列主题相同的文章，将于二十世纪七十年代初发表于诸多期刊杂志。

不同于作者的一贯风格，这封信由打字机完成，并附带一句手写的附注："抱歉，我有一台恶魔般的打字机。"《游牧，另一种选择》是查特文为《动物风格——从东方至西方的艺术》这本展览目录撰写的一篇重要文章，他协助举办的这场游牧艺术品考古学展览于一九七〇年在纽约举办。颇有争议的是，这篇文章被故意安排在目录末尾不重要的位置。《致马斯库勒的信》显示，这篇文章是查特文那本游牧著作的重要章节。

本章的最后这篇文章，概述了查特文关于游牧民族的主要观点，最初发表时的标题为《这走啊走啊走啊走啊走的世界》，刊于《时尚》杂志一九七〇年的十二月刊。一个脚注将这篇文章与作者富有野心的出书计划联系了起来：查特文，本人也是永不满足的漫游者，此时正在编撰一本关于游牧民族的书，该书将于一九七一年由乔纳森·凯普出版社出版。

第四章 书 评

布鲁斯·查特文的书评是他的写作中最不为人所知的部分。这里收录的文章展示了一个拥有鲜明观点、不时引发争议的批评家。尽管作者在他的评论文章中对"伟大的思想"显露了明显的偏爱，他的叙事技巧也在《巴塔哥尼亚的无政府主义者》这样的文章中脱颖而出。该文读来像是《巴塔哥尼亚高原》中"革命"部分的蓝本。

《游牧者亚伯》是为威福瑞·塞西格的著作《沙漠、沼地与高山》（伦敦柯林斯出版社）撰写的书评，一九七九年十一月二十二日发表于《伦敦书评》第九页。以赞颂的方式，查特文展示了他对塞西格体内那个停不下脚步的漫游者怀有的天生的好感。亚伯和该隐的传说是查特文的作品中反复出现的"母题"，尤其是在《维达的总督》和《歌之版图》中。

《巴塔哥尼亚的无政府主义者》是为奥斯瓦尔多·拜耳的三

卷本著作《巴塔哥尼亚悲剧的复仇者们》(*Los Vengadores de la Patagonia Trdgica*)（布宜诺斯艾利斯加勒内出版社）写的书评。发表于《泰晤士报文学副刊》，一九七六年十二月三十一日，第1635页—1636页。贯彻他认为事实与虚构不可分割的信念，查特文使用虚构的叙事技巧讲述了巴塔哥尼亚历史上浓墨重彩的篇章。

《前往岛屿的路》是为詹姆斯·波普-亨内西撰写的罗伯特·路易斯·史蒂文森传记写的书评，发表于《泰晤士报》文学副刊，一九七四年十月二十五日，第1195页—1196页。

《执念的变奏》是为康拉德·劳伦兹的作品《灰雁的四季》写的书评，发表于一九七九年十二月六日的《纽约书评》，第8页—9页。之后，查特文在《歌之版图》中详细讨论了劳伦兹的行为主义观点，将其作为查特文自己的游牧主义理论的对立面。

第五章 艺术和画像破坏者

写纯艺术主题，是最接近查特文构建全方位审美宣言的时候。接下来的文章探讨了西方艺术的衰落，这一过程中，作者的观点和他过往艺术专家和收藏者的身份形成了鲜明对比。

个性肆意张扬的先贤，描写细腻精致的段落，以及犀利不恭的幽默，《在废墟中》是一篇典型的"查特文式"的现代颓废派传奇，最初发表于一九八四年四月出版的《名利场》，第46页—60页，原标题更为直白：《废墟中的自恋》

《物品的道德》原本的副标题为"布鲁斯·查特文的演讲"，是查特文一九七三年在红十字会慈善拍卖中发表的演讲的打字稿。查特文去世后，收录于私人出版社出版的限量文集中，由罗伯特·瑞斯克（Robert Risk）（新罕布什尔州印刷术出版社）于一九九三年编辑出版。这篇文章探讨了财物的哲学和心理含义，查特文将在他最后一篇小说《乌兹》中以叙事的方式再次回归这一主题。

致　谢

编者感谢下列个人和机构在本书准备过程中给予的帮助：

帕斯卡尔·卡里斯、苏珊娜·克拉普、大卫·里斯、罗伯特·里斯克、弗兰西斯·温德姆、剑桥大学图书馆、乔纳森·凯普出版社、法国国家图书馆、牛津大学博德利图书馆、英国文化协会、大不列颠图书馆、康泰纳仕出版集团及国会图书馆。

我们特别感谢伊丽莎白·查特文和吉隆·艾特肯阅读原稿并提出意见。